作者：鬼差
出版：超記出版社（超媒體出版有限公司）
地址：荃灣柴灣角街 34-36 號萬達來工業中心 21 樓 02 室
電話：(852) 3596 4296
電郵：info@easy-publish.org
網址：http://www.easy-publish.org
香港總經銷：香港聯合物流有限公司
上架建議：靈異故事
ISBN：978-988-8778-64-5
定價：HK$68

【創刊於二〇〇六年，是香港最長壽的靈異鬼故期刊。】

Printed and Published in Hong Kong

目次

【回魂顯靈篇】

香港猛鬼十大

〔十大猛鬼醫院〕

1.　屯門醫院

屯門醫院資源短缺而服務量過大，導致院內不時發生事故。有傳，屯門醫院除了醫療事故多，原來就連靈異傳聞都一樣多！屯門醫院曾經有一個恐怖傳聞，有女護士衰多口四圍向人抹黑另一位女護士做妓女，最終害到對方吊頸自殺。衰多口的護士被鬼上身，晚晚被迫食屍體！有停屍間的服務員更説，夜晚經常見到有人影閃過，回過頭來卻沒見到有人，不過在他身邊的屍體竟突然出現數個咬痕……

2.　明愛醫院

早幾年，明愛醫院屢傳輸錯血、手術刀片遺留病人體內的負面新聞，令人對其醫護人員產生極大的恐懼！可是據明愛醫院內部人員表示，原來最令人恐懼的，卻是一個恐怖的靈異傳聞：

據説，明愛醫院只要一到深夜，時運低的人就會看到一些在腳上綁有腳牌的病人四處走動，而只有死人才會在腳上綁有腳牌的！

3.　廣華醫院

據傳，廣華醫院以前的醫療服務十分令人害怕，因為人手不足和運送方便的緣故，只要一有人過世，就會有醫護人員把死者的衣服脱去，只用鐵箱車載起屍體放在樓梯旁邊，等待殮房職員推入殮房。在上世紀疫症時期香港死得人多，只見廣華醫院內所有通道都擺有鐵箱車，極度顫慄！

有醫護人員表示，有時候到了深夜，他們都會看見有殘舊的大鐵箱停留在梯間，而且鐵箱內更不斷發出恐怖的「咚」、「咚」敲打聲……

4. 瑪麗醫院

傳聞，在港英政府統治時期，瑪麗醫院有一個大頭怪嬰出生，這個嬰孩出生之後，母親馬上被證實死亡。死因是：內臟全被吃光！

最令人驚訝的是，這個嬰孩一出生便可以立即站起來，額頭非常寬大，而且充滿皺紋，皺紋中竟藏有無數隻瞪大了的眼睛……

醫護人員個個嚇傻了眼，那怪嬰沒有理會，一手推開他們，頭也不回就逃離了醫院。據傳，曾經有人在摩星嶺發現這個大頭怪嬰的行蹤，更時不時聽到豬叫的嚎叫聲……

5. 仁濟醫院

一日凌晨，有醫護人員發現放在枱面的血液樣本突然不翼而飛，於是重看錄影監視畫面，赫然發現有一個男人拿起試管血液，一飲而盡，在畫面中更可以看見，血液流得他滿臉都是，即使醫院已經報案，但至今卻未找到犯案疑兇……有傳聞指，這個食血的男人可能根本不是人，因為在錄影帶中根本看不見他如何闖入實驗室，而且他離開實驗室後，對出的走廊監視畫面卻一個人都看不見……

6. 太平間

醫院中最為陰森、最為恐怖的莫過於太平間（停屍間）了，無論太平間裝了多強多猛的光管，依然是一片陰森，而且每當人一站在太平間，便會感到一陣死寂，壓得人喘不過氣來……

有傳，在太平間工作的人，如果想避免靈體侵擾，建議在進入太平間前用一個利是封裝五個一塊錢和七片樹葉，隨身攜帶，在回到家前丟掉即可。

7. 東華義莊

話說在1980年代，東華義莊發生了「殭屍事件」。話說，義莊裡有不少管理員都清清楚楚地耳聞目睹義莊內有四具棺木傳出「砰砰砰」的怪聲，屍首更破棺而出。管理員把事件上報管理層，有管理層表示問題根本不是他們能力範圍所能處理。因此，他們選擇報警求助。警方的政治部、被警方邀請而來的專家，甚至是從英國來的神父都束手無策。據說，那些殭屍破棺而出後只是在房中緩慢的行走着，既沒有異樣，又沒有襲擊人。只是專家們認為對他們放任不管也不是辦法。警方向東華三院提議把他們一一燒毀，免除後患；東華三院則強烈反對，表示保留死者全屍是義莊的責任。最後，東華三院請了茅山界裡享負盛名的溫氏家族來處理殭屍。溫師傅把屍體「溫柔」地放回棺木內。然後用了墨斗綫縛住棺材，再用泡過黑狗血的網網住棺木。有傳棺木裡的先人到現時仍未有人認領，仍存放在義莊中一個密室內。

8. 高街戰前痲瘋院

在二次世界大戰前，但凡在香港出現痲瘋病特徵的人，往往會被送往位於高街的痲瘋病院，病人要完全隔離，在院內等到死亡為止。當時經過高街痲瘋院的人都巴不得盡快走遠，因為院內經常會傳出痲瘋病人的痛苦哀嚎，其淒厲程度令人膽戰心驚。此外，在日軍侵華時期，日軍更將痲瘋病院設為刑場，專門槍殺華人，所以至今更傳出高街鬼屋的可怕傳聞，例如有探險者發現原本不存在的閣樓、看見鬼魂吊頸、聽見冤鬼痛哭等等，非常猛鬼！

9. 小欖醫院

小欖醫院於1972年設立，舊址在青山公路16咪半，在2012年已經搬遷往屯門現址。舊址卻沒有清拆掉，反而留下了一個荒廢的醫院場景。這個專為嚴重智障成年病人提供高度護理服務的醫院，在荒廢之後更添了一陣詭異的氣氛。傳說，精神病人的靈魂一直盤踞在醫院裡，甚至探訪的人士能聽到隱隱的嗤笑聲、尖叫聲。

10. 留產所

在上世紀六、七十年代，香港的留產所醫療科技仍然不發達，胎死腹中、一屍兩命甚至三命的情況時有發生，因難產而死的亡靈、嬰靈不計其數，因此這些留產所經常傳出恐怖的鬧鬼傳聞，例如在空無一人的病房傳出嬰兒哭喊聲、半夜傳來陰森的女人尖叫聲等等，都令人不寒而慄……

〔十大猛鬼凶宅〕

1. 荔景村情殺案密封凶宅

荔景村情殺案是1980年代香港轟動一時的殺人案，事發單位更被列入政府永不出租的靈異公屋！案發於

1984年，一名男子與女友感情破裂，突持刀闖進女友家向女友、其妹及其母亂斬，導致兩死一重傷。自此之後單位即成鬼屋，房署雖多番轉租，住客因受過驚嚇而急急搬離，最後被迫把單位以磚頭封了，就像在冷巷中消失一般……

每到夜晚走廊傳來陣陣高跟鞋腳步聲，但全層樓只有死者先著高跟鞋……

2. 香港凶宅王——南固臺

南固臺——香港傳聞最猛鬼的地方之一，建於1918年，當年屋主是一名叫杜仲文的富商。南固臺為一幢糅合中西建築風格的兩層高別墅大屋。日治時期，南固臺被用作囚禁慰安婦，不少婦女慘遭日軍的蹂躪及殺害！

每逢夜深，屋內常有一團團綠色的怪火及怪光飄浮，有時怪火更會飄出屋外。不少街坊更常聽到大宅內傳出一陣陣女人的慘叫聲……

3. 灶底藏屍冤魂索命……

1975年，在觀塘牛頭角下村第9座發生一宗灶底藏屍案！

一名54歲姓李的中年婦人，因與誼子(姓黃男子)間的錢銀糾紛而慘遭殺害，更被埋屍灶底。

約一星期後，位於兇案單位樓下的士多少東連日來都發現天花有血水滴下，於是告知管理員及區長，再報警求助。警員偕同士多少東、管理員及區長一同登上黃之單位仔細檢查，命案才得以揭發。

雖然死者沉冤得雪，但傳聞街坊曾經在深夜時分目睹已經仙遊的李婦在黃的寓所外徘徊，且涕淚漣漣地喃喃自語，像有莫大冤情未訴。

凶手黃某被監禁19年後，正當有關方面考慮將他假釋之際，他以褲頭帶自縊。風聞他在院內曾對著空氣大聲驚呼：「走啊！咪行埋黎啊……！」

4. 公仔無頭案怨魂不息

1999年香港發生一宗轟動一時的殺人案：Hello Kitty藏屍案！案中死者遭虐殺，死後被肢解、烹屍，頭顱被塞進一個Hello Kitty洋娃娃之內。

時至今日，凶宅附近單位仍是鬼影幢幢。此凶宅曾租給一名菲籍女士，於凌晨二、三時回家時，她看見有一女子穿透閘門到三樓兇案單位內，然後消失不見。另有一名女租客於晚上在天台晾衣服時，看見一名女子倚在圍欄，當她望向該名女子時，只見該女子的臉上沒有五官。

5. 寶湖花園碎屍案冤屈難釋

本港曾發生過多宗肢解碎屍案，案中死者大多在被殺後給碎屍丟棄，但這宗在大埔寶湖花園發生的碎屍案，卻有別於一般同類型案件。因為案中鍾姓女死者除了被丈夫情婦燒屍外，更被肢解，兇徒的行為令人齒冷，更引起區內街坊對燒臘產生恐慌。

在案發後，大埔寶湖花園的兇案現場及附近一帶都傳出不少鬧鬼傳聞，有住在附近的居民稱，每到入夜時分，都聽到一陣淒厲的尖叫聲及哭泣聲，亦有部分有飼養狗隻的住户，在事發後表示狗隻常於深夜無故吠叫，怎樣也喝止不了。

6. 龍蝦灣冤魂無法安息

多年前曾經轟動全港的龍蝦灣「五花大綁」謀殺案，

死者被人用尼龍繩反綁、以塑膠袋封頭，然後生葬在一個沙洞中，導致窒息死亡。雖然涉案人士紛紛被捕，但仍難息陰魂怨憤。

曾有情侶到龍蝦灣談心，便聽到附近隱約傳來男子的呻吟聲，可是他們環顧四周，卻是四野無人，而呻吟聲依然不絕於耳。聲音更愈來愈近，突然一陣強風襲來，將海灘上的幼沙刮起。深秋時分，強風竟然凜冽刺骨，恍如身處嚴寒的天氣中，令人顫抖。

7. 東堤小築成凶靈集中地

原是度假勝地的東堤小築，相繼發生了多宗命案，成了香港凶宅的高危區。這裡猛鬼傳聞屢傳不鮮，以下是阿芳與三位朋友在數年前的經歷……

話說，他們一行四人，租住了東堤小築某單位，當到達租屋地點後，便搜查屋內有沒有問題，奇怪的是，牆身永遠都是濕濕的，且有死去的昆蟲在屋內，清理完成後，不一會就打回原狀。當時租屋的兩男兩女，都是短髮的，但在他們已清理過的洗手間廁所內，卻常有脫下的長髮出現……

8. 康怡花園凶案駭人

位於鰂魚涌的康怡花園，是香港著名凶宅屋苑之一，因為該屋苑所發生的凶案亦甚轟動，其中包括1988年發生的烹夫案。

康怡花園殺夫案57歲死者傅棠，背妻包二奶被揭發，馬姓元配為爭回二十萬賣樓現金，用鐵錘將傅擊殺，然後買來電鋸肢解屍體，再放入大鍗煲烹熟，最後分批當垃圾丟棄。個多月後東窗事發，屍體已無法尋回，成為本港首宗無屍兇殺案。

目前，康怡花園某些單位至今仍然丟空，又或不停易手，單位亦頻頻傳出鬧鬼驚魂……似乎死者仍不願離開……

9. 志樂別墅成惡鬼大本營……

志樂別墅位於青山灣泳灘斜對面，經常鬧鬼，據聞，不少探險者的相機、攝影機、錄音機等，都拍到靈體影像及錄到靈體的聲音，例如有人在傳聞鬧鬼鬧得最兇的工人房內放下錄音筆，臨走時返回工人房，竟發覺錄音筆被移動過，而且還錄到一些類似哀號、啼哭、嘶叫等怪聲，有人猜測志樂別墅邪靈奪舍，這意味著整幢別墅已充滿惡靈……

住在隔鄰海景花園的住客，在深夜經常聽到大宅內有怪聲傳出，也曾有路人見到有白影在小山丘上的涼亭飄過。

曾有一群年輕人在志樂別墅「打野戰」，忽然有隻手搭在他的肩膀上，他本能地撥開。但回頭一望，見到後方無人，再往下望，竟然見到地上有一隻會活動的手，就是剛才他撥開的那隻……

10. 塌樓冤魂

馬頭圍一幢舊唐樓於2010年發生嚴重塌樓意外，導致四死二傷。令居民惶恐的是，不止一次有人看見死者的鬼魂出現在住宅的窗外，又或是自己的家裡，令他們無時無刻處於恐慌之中……

有住客住在塌樓旁的一幢唐樓，某晚他正準備洗澡，在窗台拿衣物時赫見一個中年男人站在掠衣架前，更向他招手，住客以為是小偷，於是大喝一聲！那中年男人卻頓時消失不見，住客嚇了一驚，這才知道原來他撞鬼，翌日更因此發了一場高燒……

有人請來法師作法，但是情況卻未見改善，馬頭圍的居民仍然要與鬼同住……

〔十大猛鬼學校〕

1. 達德鬼靈

達德小學1931年建校，位於香港屏山文物徑附近，後來一直荒廢，平時人跡罕至。達德學校自啟用到停辦期間，不斷傳出鬧鬼事件。有指是由於1941年日本攻佔香港期間，大批抵抗日軍的屏山村民被殺（另一說法是指1899年英國強迫清廷租借新界，大批屏山村民為抵抗英軍而傷亡），屍骸被葬在該處山邊，成為亂葬崗，導致達德學校附近陰魂不散，頻頻鬧鬼。傳說指達德學校有一任校長曾在校內女廁穿紅衣自縊，自此廁格常有紅衣女鬼出現，是校內鬧鬼鬧得最凶的地方。

2. 惹鬼泳池

葵涌某中學是少數擁有泳池的學校。

傳聞，有一群學生在泳池游泳時，其中一位同學突然遇溺，其他同學馬上將他救起。遇溺者說當時水中有怪手拉著他的腿，當他回頭時，更看見一個面部腐爛見骨、支離破碎的死屍拉著他的腿。老師當然不相信這番鬼話，但是遇溺學生的左腳腳跟卻明顯地被嚴重抓傷，鮮血淋漓。救護員到場後打開包著傷口的毛巾時，更發現抓痕深至見骨。

3. 仁興小學撞鬼

仁興小學是繼達德小學之後最猛鬼的學校，該校附近有一個涼亭，涼亭右邊有一間荒廢已久的義莊，義莊四周滿目蒼然，樹木早已凋謝，令人不寒而慄。有探靈隊入去探險，赫然發現二樓有個女人很凶惡地望住他們。隊員身懷一塊可擋煞的玉佩，當場裂開一半。

4. 泥漿飲水機

港島某書院倚山而建，學校底下其實是二次大戰時一班逃難者的葬身之地。幾十年來一直相安無事，直至某年校園內加建了一個新飲水器後，怪事便接踵而來……

某晚，有學生開動飲水器後，喝得一口是泥，連忙吐出。飲水器的水龍頭繼續流出一團團的泥漿，好不嘔心。離開時更聽見有怪聲從飲水器那邊傳出。

翻查歷史，原來XX書院所在的位置在二次大戰時，曾是一處防空避難處。日軍登陸香港時，曾經有十多名居民躲了進防空洞避難，最終因缺水而死。遇難者臨死前更因口渴過度將洞內的泥漿灌進口中嘗試吸取水分，因此死狀十分可怖，怨念一直積聚在地下。

5. 課室裡的恐怖殘肢

東九龍一所中學，一直流傳著興建校舍時發生工業意外而鬧鬼的事……

傳聞當時有一位工人在興建校舍時被墮下的石屎斗壓著下半身，失血過多致死，殘肢仍留在意外現場的石屎內。自此之後，晚上，不少同學目睹一個面容痛苦、全身慘白的鬼魂在課室地上爬來爬去。

6. 銅像殺人

事發在十年前的香港堅道某私立中學，鬧鬼地點主要是一條走廊上的一半身銅像。有學生因為被老師訓話，為了報復，故意在放學後沒有人時，用剪刀劃花銅像的面部洩憤。事後，該學生發高燒，一直臥在床上無法起來，醫生也查不出因由。就這樣住院一個月，身體開始潰爛，像被食肉菌侵蝕，手爛了一大片，住院一個月後死去。

又有一天，一名轉校生貪玩把手指伸進銅像嘴巴，結果流血不止，幾位老師到了現場協助仍然沒法將轉校生的手指拉出來。最後要勞動消防員撬開銅像嘴巴，轉校生才得以脱身。這件事發生後，鬼怪之説傳得更盛。

7. 空中的腳

某大學宿舍常爆出鬧鬼傳聞，話説有學生坐在書桌前專心唸書時，感覺到一直有東西輕輕的敲著他的頸。有同學認為世界上很多肉眼看不到的東西可以被相機拍下來，於是就叫他下次再有這種感覺時馬上自拍一張相看看。結果謎底終於解開！照片所見，竟有一雙懸在空中的腳，上吊自殺的死者懸在空中的腳在空中擺蕩，每晚不停觸碰著學生的頭……

8. 白影姐姐

一所座落於灣仔海旁的藝術學院，也有一些靈異鬼傳聞……要數最經典的鬼故事，就是「白影姐姐」。

目擊者形容白影姐姐的外表：黑色長髮、白色長袍，其他甚麼都看不清楚。她的出現通常是快來快去，在深夜時，學生在後台走廊走過的時候，白影就會在身邊閃電般閃過，並帶來一陣寒氣。更加有傳言聲稱，見到她在大堂平台，一邊飄著，一邊拉著小提琴。

9. 解剖驚魂

很多醫科生每晚差不多溫書溫到天亮，壓力大到透不過氣。

話說在某一年，有學生埋怨留在解剖室對住死人做實驗很痛苦。

所謂言者無心，聽者有意。就在他説完這句説話之後，突然有把聲音從他身後傳來，並叫著他的名字。他覺得應該是他的同學經過解剖室時見到他而進來找他的。

他下意識地回頭，接著發生的便是他的驚愕和慘叫。

到了第二天，當幾位講師和學生打開解剖室的門時，給裡面的情景嚇呆了。那名醫科學生坐在解剖室的一角，手中抱著一件東西，而解剖床上躺著一個沒有頭顱的人，床上有一些乾了的血，地上還有一把染了血的手術刀。

那位學生抱著的原來是那人的人頭！但，那躺在床上的並不是解剖用的屍體，而是他的一位同學！

10. LG5 撞鬼事件

LG5 位於北角某間專上學院差不多最底的一層，LG5 的溫度比室溫較低，夜晚溫書溫得太夜，甚至會覺得陰風陣陣。

某晚，有學生步出圖書館前往搭 lift 時，一個身穿藍色牛仔褲、T-shirt、頭戴安全帽的「工人」站在門口，帽沿壓得很低，看不見他的雙眼，只見到半個鼻子及嘴巴，最奇怪的是他沒有穿鞋子。「工人」開口問學生有沒有見過他的水鞋，在燈光映照下「工人」呈現慘白，而他的眼睛竟然是空洞洞的。該學生覺得眼前一黑，就這樣昏了過去。

第二天，該學生被看更伯伯拍醒。經查問後得知，原來在學校興建時，有一個地盤工人因夜晚搵水鞋而失足跌死，自此以後，該名「工人」便在夜晚出沒，逢人就問：「你有冇見過我對水鞋？」

〔十大靈異傳聞〕

1. 外星人 UFO 襲港？

在香港這個彈丸之地，不時收到UFO「訪港」的消息，曾出現的地點有吐露港、馬鞍山、啟德機場和大嶼山等，其中最轟動的，莫過於三十多年前在華富邨上空出現的不明飛行物體。

曾經目擊的華富邨老街坊憶述，當日是傍晚五時左右，華富邨突然颳起大風，華翠樓對上半空出現一隻巨大飛碟，目擊人數甚多。

除了華富邨，2007 年 7 月，九龍多處地方發現不明飛行物體，多名市民報稱目擊一道強光由西九龍半空如閃電般飛快地躍向昂船洲方向，並迅速在幾秒之間消失，遠至東涌亦有目擊證人。天文台事後亦證實當晚接獲兩宗懷疑發現「UFO」報告。

事後，甚至有數名市民致電電台，親述這段靈異經歷。

究竟UFO真的到訪過，還是一次集體錯覺？就由大家自己決定了！

2. 蜑家人的祖先是人魚？

在香港六、七十年代期間，某天，有漁民表示在公海捕獲一條擁有人類臉孔的魚類，引起無數市民及記者前往香港仔碼頭等待觀看。為免引起市民的恐慌，政府高層要求警方及船主不可公開案件詳情。據傳，當年捕獲的人魚其實是蜑家人的祖先！

傳聞指大嶼山人及蜑家人的始祖，是一種半人半魚的生物，名為盧亭（又稱為盧餘、盧亭魚人）。盧亭毛髮焦黃而短，不懂人語，身上更長有鱗片，而且愛吸雞血。有時會用漁獲與大澳的居民換雞，亦有時潛入農家偷雞。據説，他們居住在當時稱為大奚山，即現今的大嶼山上。

據説，盧亭魚人本來與人類少有來往，一向與世無爭，卻因為人類的入侵而被迫學習其言行。後來，盧亭魚人無意中發現可靠賣鹽為生，朝廷卻將鹽業國有化，及後南宋廣東茶鹽提舉徐安國更出兵大奚山，把販賣私鹽的盧亭魚人一舉殲滅，倖存者就是今日蜑家人的始祖。

3. 石獸殺人

在三十年代香港動植物公園傳出石獸傷人事件，當時有多人報案被石獅子口吐石珠擊中受傷，事件引起傳媒爭相報導，最後警方介入調查。警方在調查時，曾派警員在動植物公園假扮情侶巡邏，突然男警員被硬物擊中，最終傷重不治。

事件驚動警局高層，為了息事寧人，高層人士便請來道士辦法事。傳聞指道士發現石獅吐石擊傷的人乃大奸大惡之人，之前報案被傷的市民竟是經營黃、賭、毒的江湖人士。至於被石獅子擊傷而死的警員，竟是黑幫滲入的黑警，更曾借警察之名姦淫擄掠，可惜苦無對證，無法繩之於法。

道士得知事件後，立即前往動植物公園祭祀石獅子，擊碎石珠，褪走硃砂，並向它表示希望它勿再傷人。果然，最後再無傳出石獅子傷人的案件。

4. 香港防空洞秘搜

防空洞是用來讓平民防備空襲免受傷害的軍事地下室，在二次世界大戰爆發時，政府及民間曾在香港市區大量修建防空洞，讓平民能在日軍的空襲下得以躲藏。

自第二次世界大戰結束後，港英政府斥資大興鐵路系統，除了為了土地發展之外，原來亦鑑於防備大型戰爭的發生，因此才與地下鐵路公司合作，讓地下鐵可以成為戰爭時的防空洞，方便平民逃生躲避空襲。有軍事專家指出，港鐵不斷興建鐵路工程，似乎是為第三次世界大戰作好防範，務求令港鐵得以在戰爭爆發時，讓市民得以求生。

5. 香港陸沉，勢不可擋？

香港是一塊福地，少有天災戰亂；但這份福氣是否有限期？根據傳說，太平山上有一隻石龜，因常年吸收日月精華，修練成精。傳聞石龜由海濱的方向向山頂爬行，它爬行的速度非常緩慢，每年只向上爬行一寸，當它爬行到太平山頂時，處於九龍及香港的整條龍脈就會醒覺，令到整個香港及所有島嶼陸沉，而石龜此時就可以回歸大海。

最近，大家對「香港陸沉」又多了另一番見解。根據官方數字，香港目前海面每十年升三十毫米，隨著海平面不斷上升，香港受風暴的威脅不斷增加，低窪地區水浸亦增加，可見「香港陸沉」絕不是危言聳聽！

6. 死亡信件

灣仔區流傳著很多靈異的都市傳聞，其中「鬼郵差」最為轟動！

在上世紀五十至六十年代，灣仔區一帶的樓宇尚未有郵箱，郵差叔叔要上門逐家逐户送信。話說有一晚，住在皇后大道東一帶某個住户收到了一名郵差送來的信，那個住户覺得很奇怪，為甚麼郵差會在晚上送信？

當他拆開信來看，沒想到信封裡只放了一張白紙，過了數天，這個收信人就死了。在這個時期，住在灣仔區附近的居民陸續有人收到這個郵差送來的信，同樣不出七日就離奇死亡！

有老住户憶述當年這宗靈異事件，他形容鬼郵差好比勾魂使者，它的職責是送白紙給應死的人。若某人時辰未到，即使見到鬼郵差，都不會有事的。

7. 西貢「百慕達」一去無回頭

有人形容西貢是被一種特殊力量所控制，時運低的行山人士不幸墮進這個「結界」，就會如入黑洞，有入無出！其中探員丁利華失蹤案最為轟動。據說，丁利華是中區反黑組探員，2005 年在西貢大蚊山行山，同日中午他在山上打 999 求救，然後突然失蹤。由於失蹤者為資深警員，警方大為緊張，一連十日派出幾百警員搜索，可惜未有結果。後來又有專業人士組成志願搜索隊，同樣徒勞無功。

人們之所以認為丁利華被困「結界」，全因為丁Sir曾打出一個求救電話。全長七分鐘的對話內容的確匪夷所思。當時報案中心的警員嘗試叫丁Sir確認位置，可是他只講出「西貢586、487020」等古怪數字。一般行山客迷路報警，都會講出路徑上標距柱的號碼（例：M072、H029），但係丁Sir口中的「密碼」，根本不會在標距柱出現。

報案中心的警員曾經力勸丁Sir停下腳步，但對方未有理會，只是不斷重複說：「頂唔順喇」，似乎相當辛苦。突然丁Sir叫了幾聲救命就收咗線了。究竟丁Sir為何要叫救命呢？他的生死如何呢？暫時都是個謎。

8. 李氏力場彈走所有風球？

「李氏力場」是一個網上虛構出來的天文效應，意指香港首富發明了一個能阻擋颱風吹襲，及只容許放假日子掛8號或以上的風暴保護網！

因為由2004年至2007年期間，香港無論大風大雨、天氣情況多惡劣，香港都沒有懸掛過八號風球，有位大學講師接受訪問時說：「香港每打一次風就會損失四億，沒有人想為四億負責吧！」

於是，市民一怒之下認為是香港政府為了賺錢竟不顧香港市民安全，更覺得是由香港首富指使下把八號或以上的風球通通取消。

9. 七姊妹道上的七具女浮屍

你一定聽過七姊妹道這條街道，但有關七姊妹的靈異傳聞，你未必知道！

話說，七姊妹村有七個年輕貌美的少女，她們自幼喪親，故同病相憐，一直都互相扶持，長大成人後更結義金蘭，人稱「七姊妹」。她們情比金堅，更發誓梳起唔嫁。

有一天，有一班惡霸到七姊妹村搗亂，其中惡霸首領看中了七妹的美色，並說三日內會娶她過門。到了第三天晚上，惡霸首領來了，七姊妹共同進退，一齊逃命，在海灣走投無路時便一起躍進海中。七日之後，七姊妹的屍體手牽手浮上水面，而她們跳海的地方，正是現今七姊妹道與模範里的交界。

至於那班惡霸，就在七姊妹死後的第三天，不約而同地離奇死在各自的寓所內，非常詭異！

10. 地鐵凶靈傳説

如果你去過彩虹站，你有沒有發現這個站與眾不同？一般月台只有兩條路軌，但彩虹站則有三條軌，而中間這條從來都不會使用。有傳，路軌方向正是鬼門關。為避免造成更多人命傷亡，法師建議把中間路軌永久封閉……

另一個鬧鬼的鐵路就是油麻地站！話說，曾有一名女生在油麻地站跳軌，事發時不只司機目睹少女跳軌，還有多名在月台等車的乘客也看見這一幕，甚至表示有聽見少女的慘叫聲。但及後完全找不到屍體，為求謹慎，消防員及地鐵工程人員更用起重機吊起列車，仍未發現任何痕跡，就連血都找不到一滴。事件驚動警方，傳媒亦廣泛報道，可謂一宗轟動全城的鬧鬼新聞！

無辜撞鬼篇

平生不作虧心事，理應夜晚敲門也不驚！但人有三衰六旺，碰著你時運低，即使你與人無仇無怨，日行一善，猛鬼都會自動找上門，令你無辜當災！

I Can See You……

「經理，我要換房，我……我要換房！」一名男士跌跌撞撞地奔向台前，不斷拍打櫃枱，氣急敗壞地咆哮著。

死命都不肯回去！

經理 Stanley 趕忙走過去，問個究竟。男住客鐵青著臉，不斷重複說房間有鬼，一定要換房。Stanley 見男住客如此氣急敗壞，唯有趕快應承，並指示身邊的同事陪同男住客回房間執拾行李。但男住客一口拒絕，並發狂地說：「我不回去，你替我收拾行李吧，我死都不回去，不回去……。」

「先生，冷靜一點，你不會單獨自己返回房間的，我們同事會陪你一齊去，沒事的。」經理 Stanley 努力安撫男住客。

男住客沒有理會，更越說越激動，「我不回去，你們替我執，你們替我執！」

「先生，不行的，若我們執漏了，就麻煩了。我們同事會陪你一齊去，好嗎？」Stanley 繼續游說。

「No ！ No ！ No ！我不會回去，你們替我執，執漏了我不會追究，OK ！？」男住客說得很決絕，經理 Stanley 唯有安排他先安坐下來，然後叫男同事 Peter 獨自上房收拾。

男住客知道不用再返回房間，情緒開始平伏下來。

鏡上的怪字

「先生，先喝點茶，定定驚。其實……在房間裡有甚麼事發生嗎？」經理 Stanley 帶男主客到沙發坐下來，並小心翼翼地問。

「我……剛才沐浴完，發現浴室鏡上出現……『How Are You』字句……」男住客一邊說，一邊慘叫。

經理 Stanley 聽完，差點笑了出來，心想可能是其他住客的惡作劇吧，其實只要用肥皂水在鏡子上寫字，如 How Are You 之類，肥皂水乾了之後就沒有痕跡。當其他人在浴室洗澡時，鏡子形成一層霧氣後，就會重現 How Are You 的字眼。

原來是笑料一樁！經理 Stanley 反了一下白眼，然後回到前台，一邊觀看 CCTV，一邊用對講機把這單「撞鬼疑雲」告知 Peter。

你望它，它也在望你……

Stanley 望著 CCTV 鏡頭裡的 Peter，催促他快點執拾房間，趕快 K.O. 這名古怪住客。突然，Stanley 在 CCTV 見有人尾隨著 Peter，便用對講機問：「你後面那個女人是誰？在幹甚麼？」

Peter 擰轉頭四處張望，道：「我後面無人啊！玩嘢啊，你！」

明明 Peter 後面有個垂低頭的長髮女子……

Stanley 馬上雞皮疙瘩起來，他顫抖地問：「Peter，鏡子上的『How Are You』還在嗎？」

Peter 聞言就走去浴室查看，然後匯報：「不是『How Are You』，是『I Can See You』啊，個客係咪睇錯，佢傻㗎？！」

就在此時，一直垂低頭的長髮少女突然抬起頭來，臉色蒼白，五官流血，陰沉地望向鏡子裡面反射著的 Peter，又回過頭來望一望 CCTV 鏡頭裡的經理 Stanley。

不知就裡的 Peter 如常地執拾住客的用品，這個時候的 Stanley 早已嚇得魂飛魄散，他用僅餘的力氣結結巴巴地驚叫著：「**有鬼啊，Peter 走啊！**」

▲有沒有發現，身邊有很多「人」留意緊你 ......

單身Staycation靈異實錄

香港樓價長期高企，不少市民「住得貴又住得細」，Sally是其中一個例子。她在一百呎的單位裡蝸居，疫情下又無法往外地旅行透氣，非常鬱悶。最近興起Staycation，單身的Sally也湊一湊熱鬧，於是在荃灣公司附近租了五星級酒店一間單人房體驗一下。當時正值東京奧運，雖然Sally沒有享用酒店健身室和泳池等設施，但能夠身處寬敞的房間，並在豪華大電視面前收看電視直播賽事，已非常滿足。

不經不覺，睇到深夜十一、二點，Sally突然覺得耳鳴及頭暈，也許是長時間望著大電視屏幕，眼睛過度疲勞了吧。於是，Sally簡單淋浴後就準備上床睡覺。在半夢半醒之際忽然一邊身體麻痺，感受到有物體壓落身體，不祥的預感趕走了睡魔，Sally馬上驚醒起來。

當她完全動彈不得時，耳邊聽到許多「人」在說話，聲音似鬼食泥，Sally想叫也叫不出聲，這個狀態維持至少五分鐘。

花灑掣自動又開又閂

幾分鐘後，身體終可以動彈，鬼食泥的聲音也消失了。Sally用手拍一拍額頭，努力整頓思緒，思考著剛才是發夢，還是真的撞鬼？就在此時，廁所傳來花灑沖水聲。

「難道剛才淋浴時沒有關好水掣？」Sally跳下床，走去浴室，發現淋浴間原本關閉著的玻璃門無故打開了，花灑掣又扭開了。睡意正濃的 Sally 不加思索，趕快關掉花灑掣，就回到床上繼續睡覺。閉上眼不久，又聽到花灑沖水的聲音，房間很靜，只有冷氣微微顫動的聲音，令花灑沖水聲尤其變得響亮，聽得 Sally 毛管直豎。

Sally 馬上用搖控器開著電視機，讓「公仔箱」的人聲壯膽，然後走向浴室，眼睛不敢胡亂到處張望，只管小心翼翼地把花灑掣關掉，然後飛撲去躲進被窩裡蒙著頭睡覺，並迫自己趕快入睡。未幾，花灑沖水的聲音再度傳出，Sally 不敢再去關水掣了，而是立即致電服務員請他派人來查看，經職員檢查後，解釋是花灑漏水的緣故，但 Sally 肯定不是花灑漏水，而是花灑掣被「人」扭開，而這個扭開的動作需要力氣的。幾經要求下，酒店經理願意替 Sally 換房。

離奇的膠袋聲

執拾及重新安頓行李，花了近一小時，Sally 已相當疲累。正當她以為換房後終於可以安睡，突然傳來一陣抓取膠袋時的悉悉索索聲，Sally 不禁狐疑：「我的隨行物品並沒有膠袋，悉悉索索聲是從哪裡來的？」聲音很實在，Sally 沒有聽錯，她肯定不是隔離房間傳過來。令人毛骨悚然的是，Sally 感受到有人重重地撞了一下床尾，被撞的震動令她全身左右搖擺了一下。

房內獨她一人，是誰撞她？！是誰撞她？！

Sally 開始很慌張，雖然眼看不見靈體，但怪異的聲音和粗暴的觸碰，令 Sally 完全感受到它們的存在。沒有朋友陪伴，

Sally 唯有靠自己，並本能地唸著「南無阿彌陀佛」……「南無阿彌陀佛」……「南無阿彌陀佛」……，也許靈體只是惡作劇一下，很快，Sally 在自己的「佛音」下安靜地入睡了。

▲酒店房內有怪異的聲音，令人睡不安寧 ……

I am So Hungry……

沙田是早年被政府指定發展的第一代新市鎮，位於河畔花園附近有一座小山丘，山上建有多個山墳，是當地原居民的祖墳。由於該處被認為是風水寶地，絕對不可以移走，因此最終被保留下來，只有四周的海水被填平，並發展成酒店和住宅大廈。由於酒店和山墳毗鄰，不時傳出靈異故事……

臨收工前的不速之客

Suki 是該酒店的練習生，這個月要在自助餐館做實習。這天上夜班，主要在入口位置接待客人。自助餐於晚上十點結束，好不容易捱到九點半了，快到下班時間了，站了一天的 Suki 興奮莫名。今天客人不多，未到九點已清了場，餐廳一位客人也沒有。

Suki 抬頭想伸懶腰時，赫然發現眼前站了一位衣著陳舊簡陋、外貌枯樵瘦削的外籍女士。

正當 Suki 想用英語開口告知對方只剩半小時用餐時間時，那女士道出一句：「I……am……so……hungry……」

Suki 猶疑了一下，說：「There is half an hour left on dinner time，would it be ok for you?」

外籍女士沒有說話，只用手指著餐廳內某一個座位。

雖然外籍女士沒有回答，但 Suki 意識到對方想用餐，於是便轉身帶她進餐廳。

無人的高跟鞋走路聲

Suki 一邊帶路，一邊女士用英語提點客人快點去取食物，因餐廳快將打烊，食物已所餘無幾。

女士沒有回話，只有高跟鞋踩在地板上發出的「咯、咯、咯」。

餐廳的客人已走清光，餐廳十分清靜，這幾聲「咯、咯、咯」顯得異常響亮。Suki 緩緩地走到女士剛才所指的位置，並轉身想招呼她坐下時，眼前竟空無一人。

Suki 感到一陣冷風吹過，頓時吹得毛骨悚然。餐廳地下是鋪地磚，高跟鞋走過一定有「咯、咯、咯」的聲音。因此，她好肯定剛才的外籍女士是跟著 Suki 入來的，但轉眼間走到哪裡，Suki 不禁一怔。

對著空氣口噏噏

▲若酒店在山墳附近，隨時有過世的先人到訪 ......

「她會否走了去廁所？但去廁所要經過一段路，咯、咯、咯的走路聲怎會一下子消失？」Suki 左右張望，疑惑地思索。

這時，男同事走了過來，說：「Suki，由門口行入來一直口噏噏，好像噏緊一大堆雞腸，你在練習酒店英語嗎？你英文本身已很好，後天的口語實習測試肯定過關啦！現在冇客人，你早點收工吧，我去埋數得啦！」男同事的話，令 Suki 陷入無限恐慌。

「呀——！」Suki 先呆了一下，然後像發狂的野獸般狂抓頭，大驚地叫了幾聲後，就衝出酒店離開了。

翌日 Suki 沒有上班，聽說她跟校方要求更換實習地點，語氣非常堅定；更揚言若校方不允許，她寧願退學。

地獄使者？

疫情下公司經濟惡劣，許多公司不是裁員，就是減薪；為了生活，惟有咬緊牙關頂硬上。最近，我在公司附近的便利店兼職夜更店務員，雖然辛苦，但搵多個錢傍身，總好過坐吃山空。

很多朋友話夜間店務員易撞鬼，我就冇有怕。鬼，有乜好驚？驚得過無錢使要瞓街？！

雖然唔驚鬼，但真的遇上了，仍會毛管直豎……

大門自動打開

話說，便利店的玻璃門是半自動的，即是人站在門前，大門不會自動打開；要人手按開關鍵才會打開的。但我當夜更時，玻璃門在無人的情況下經常自動打開；我把這樁怪事告知日間同事，同事們都話玻璃門沒有壞，他們也未曾見過大門在無按鍵的情況下自動打開。既然他們言之鑿鑿，我唯有認自己眼花吧。

有晚，人影都無隻，玻璃門又再度自動打開。有幾次，大門未完全閉合，又急急打開，好像有甚麼在操控著一樣。但玻璃門前空無一人，無人按鍵，大門無可能自動打開的。真匪夷所思，難道真的有靈界朋友光臨？

學習與靈體共存

不知從哪裡拿來的膽量，我突然大聲叫道：「唔該關門，走哂D冷氣啦！」

說完，大門自動關上了！！

有次，我要外出搬貨，玻璃門很「識趣」地打開了，我沒好氣地說了一句：「唔該哂！」。

有時，大門開關次數太頻密，我會不耐煩地說：「玩時玩，唔好咁密，大門壞了，無客人入來幫襯啦！我就要被人炒啦！」

它，好像聽到我指示一樣，開始聽聽話話，整晚沒有再自動打開過……

鬼不犯我，我不犯鬼，大家一直相安無事。玩下玻璃門而已，我仲頂得住。但有次……

點解要我見到……它！

這天，外面一滴雨都無，但從閉路電視看到有個穿全套黑色西裝的男人。他越走越近，我已經從閉路電視的影像，慢慢見到他真人，他頭戴黑帽，拿著長遮。從他鞋子咯咯的聲音，我聽得出他正在向收銀處走來。正當我抬頭準備和他交易時，他——不見了！

他的鞋跟很硬，走起路來咯咯聲，若他高速離開，我一定聽得出的。

玻璃門開開合合，我感覺到頑皮鬼在作怪；我看不見為乾淨，但為何要我見到它？仲要成個地獄使者的打扮？

今日俾我見到它，它下次是否要向我勾魂奪魄？

想到此處，我已雞皮疙瘩，嚇得一身冷汗。翌日，我就辭職不幹了。

呃 OT 的後果

「放工未啊，一齊行啊！」Derek 孭著背囊，走到 Tony 座位叫道。

「我今天要加班啊！」Tony 說時頭也不回，目不轉睛地凝望著電腦屏幕。

「你條友仔，嚇鬼咩！你有幾多嘢做，我唔知？駛乜加班啊！」Derek 一語道破了 Tony 的「陰謀」。

「俾支咪你四圍唱好冇？」Tony 回頭怒目厲視著 Derek，示意他說得細聲點。

「唉，知你加班呃 OT 啦，總之，唔好搞咁夜啦，呢個月要避忌吓。」Derek 冷笑了一聲，轉身告別。

「仲講——！」Tony 罵完之後，很怕隔牆有耳，於是，慌張地四顧張望，沒留意 Derek 最後的叮囑。

繼續「扮」工

大家可能問，Tony 晚晚「扮」工，明目張膽呃加班費，難道無皇管的？

對，真的無皇管！

因為，Tony 有個肯跟他狼狽為奸的上司。

話說，Tony 有親戚賣水貨煙，帶契「煙產」上司低價買到平貨；Tony 深得上司歡心，因此，明知他呃加班費，上司都隻眼開隻眼閉。

自動播歌

Tony 努力地假裝忙碌，他目標是呆到十點才走人，呃多兩星期 OT，下個月就夠錢買新遊戲機。想到此處，Tony 精神為之一振。

「播隻歌仔聽吓先——！」Tony 開著喇叭播歌，播了一會，突然沙沙聲。

難道是藍牙連線收得差？於是，Tony 重新連接。但播了一會，又再沙沙聲。

重新連接後，突然喇叭播著一首手機裡面沒有的歌，好像泰文，又好像是越南話，總之聽不懂的語言。

Tony 想關掉手機的播放器，竟然 hang 機了，奇怪的歌繼續不受控地播放著……

自動影印

「妖，去影印先。」手機 hang 機，Tony 也沒辦法，於是走去影印房影印文件。

還未走進去影印房，外面已聽到房內隆隆聲響，狀似有大量文件在影印著。

光線透視著影印房內有人影在晃動，Tony 不禁嘀咕著：「誰人好像我一樣『扮』工，無理由啊，頭先去 pantry 斟水，走了一圈，應該只有我一人。」

唯有在房外等一等，等到影印機停下再入去。

但等了良久，房內隆隆聲響沒有一刻停過。

「影咩影咁耐？！」Tony 禁不住好奇心，走進房內查看。

原來在影一堆白紙！

不不不——！是影印機在沒有插電的情況下，自己在開動著，並一張接一張地嘔出白紙！！

還有……人呢？剛才明明透視到房內有人影的。

看著眼前的景像，聽著那死心不息地播放的歌曲，一陣寒意湧上心頭。Tony 毛管直豎，跌跌撞撞地跑回自己的座位，匆匆帶走手機、皮包、鑰匙，連奔帶跑地走人了！

第二天，又到放工時間。

Tony 比任何人都早收拾行裝，Derek 有點吃驚：「你走了？乜你唔駛……」

Derek 話未說完，Tony 已插口道：「唔駛！以後都唔駛！走——！走——！走——！」Tony 好像一頭驚弓的小鳥，緊緊翹著 Derek 離開公司。

二手車的鬼眼

在香港地要置業，難過中六合彩；因此，我早已疊埋心水痴實父母一齊住，與父母蝸居四百呎唐樓，好過每月嘔二、三萬來供樓。身邊朋友個個做樓奴，我就自己賺自己洗，何其逍遙自在，最近我更平平地買了一架二手私家車，閒時四圍兜風，人生一樂也！但是，上天是否見我太疏乎，所以讓我經歷一段鬼剎驚嚇之旅......？

鬼剎驚嚇之旅

半年前，經朋友介紹，我買了一部二手車，車輛很新淨，價格更是誘人，很快就成交。我終於做車主了——！

我迫不及待開車上了公路，體會一下擁有私家車後第一次兜風的感覺。雖然考了車牌後一直無乜駕車經驗，但很快已上手。奇怪的是我駕車時，總覺得身邊有一雙眼睛在盯著我，那感覺很真實，令我不禁雞皮疙瘩。

某晚，因停車場爆棚，我唯有把車輛泊在路邊的咪錶車位。我正在家裡看電視，突然聽到樓下傳來一陣震耳欲聾的防盜警報器，在安靜的夜裡顯得極其刺耳！

「是我的車嗎？」我腦海湧現了第一個想法。

「不是吧，有人想偷車？」為恐真的有偷車事件發生，我飛奔落樓下看個究竟。

果然，真的是我架車響起防盜警報器！

我馬上關掉防盜警報器，然後，圍著車轉了幾圈，我沒發現有遺失甚麼東西，也沒有發現被撬被砸的破壞痕跡。於是，我扒在地上窺看車底，看看是否有貓狗匿藏在裡面。

它的視線都沒有離開我……

突然，車底傳來一個影像，似乎有雙眼睛正在盯著我。我定睛一看，那是一雙大大的眼睛，似乎正在發著光，就卡在幾個零件和電線的裡面。那眼光充滿了怨毒，正在死死的盯著我看，無論我鑽到哪裡，它的視線都沒有離開我……

是貓咪嗎？貓咪的眼睛會在黑暗裡發光的。於是我拿起電筒再仔細照，又用雨遮在車底鑽來鑽去，希望把匿藏在車底的貓咪趕出來。

但我覺得越來越不對勁，那雙怨毒眼睛所在的位置很狹小，頂多只可以塞入幾個錢幣，不可能放得入一隻小動物。

我嚇得從車底抽身出來，一屁股坐到了地上，那狹小的空間裡不會有人或動物，難道是……鬼眼？

翌日，我把車輛送去老友Mike工作的維修公司。一星期後，Mike 表示有驚人發現：

原來這輛車是「事故車」，車的底盤受損程度非常不堪，那個被撞的人死時屍體破損嚴重，而眼球不知所蹤，我車底的那雙眼球正是屬於死者的……

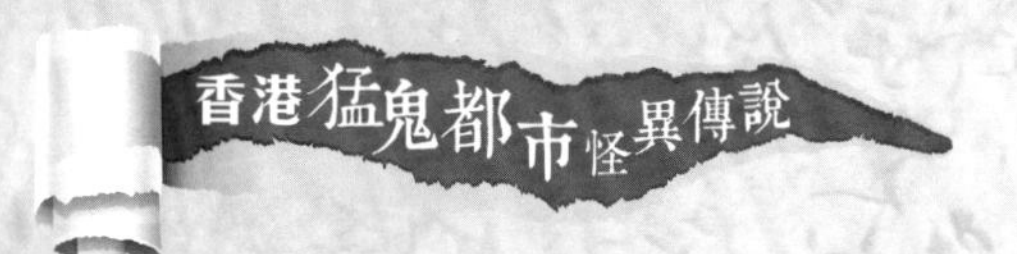

鬼梳化

最近本港掀起一股移民潮，市場亦湧現一批「移民平價急讓」的二手樓盤。我趁機入市，很好彩用三百幾萬這個超值價錢買到一個心儀單位。單位非常新淨，已有齊傢俬廚具，我直接搬入去即可。可惜，後來的遭遇為我的業主夢添上一層陰霾……

胸口透唔到氣

我喜歡睡在沙發上看電視，看到累就直接在沙發睡到天明，真的一樂也！

不知過了多久，我睡在沙發時，感覺胸口特別翳悶，好像胸口上有一個重物壓著似的，我想喘氣，發現特別吃力，每喘一口氣，都要費好大的勁，這情況持續了好幾個星期。

我聽朋友說，胸口翳悶，有機會是心臟病的先兆。我嚇得馬上去做身體檢查，但診斷後心肺功能正常，胃部也沒有異物。那胸口翳悶的感覺是何原因？

夢到自己被變本加厲的傷害

不知從哪晚開始，我睡在沙發時，胸口被壓的力度越來越大，而睡覺時常造夢，夢境很奇怪，我竟然夢到有一個人從床下張開雙臂，從兩邊緊緊抱住我的身體，壓得我胸口有些疼痛，一時喘不上氣來，我又掙扎了一會，便從夢裡驚醒。

驚醒後，我慌忙從沙發跳下來，上下打量了沙發幾眼，發現沒有甚麼異物。

睡覺時被異物壓著胸口的感覺沒有消散，而夢見有雙手緊抱著我的情況，沒有間斷過，更加變本加厲。一次跟朋友閒聊，他叫我試下翻開沙發內籠，看看裡面是否有藏著晶石、佛牌，或者風水辟邪之物，朋友指晶石、佛牌，或者風水辟邪之物本身帶有靈氣，若與我的磁場唔夾，可能令我坐不安寧，睡不安穩。

朋友的話很有道理，於是，當晚我化身神探一樣，拆開沙發各個部件看個究竟。結果，找不到任何風水物，卻見裡面放著一包綑著大量保鮮紙的東西。

一團發臭的人骨

我好奇打開一看，竟是一對手臂的骨頭？！是實驗室用的假人骨嗎？但一聞之下有少許惡臭，我的天啊！不會是人體殘肢吧！？

我影相並 whatsapp 給朋友們，大家集思廣益後都認為我

▲若在家裡掘出人骨，你會怎麼辦 ......

報警為上。如果是人體殘肢，那怎麼辦？

我嚇得軟癱在地上，久久未能作出反應。

看著一團發臭的人體殘肢，我差點昏死過去。我利用僅餘的意志和力量，爬去掏出電話報警。

警方接手調查後，前屋主有暴力傾向，經常毆打妻子。估計有一次失手，將妻子打死後，為了逃脫罪責，把妻子分屍，雙手藏在沙發裡。與其說前屋主是移民，其實是犯案後潛逃海外。警方正全力追緝他落案，並搜索其餘殘肢的去向。

對於案件的進展，我不敢再問，也不想再問。

我每晚感到胸口被壓，原來是因為冤死的受害者死唔眼閉，雙手緊抱著我，要顯靈向我伸冤！

真倒霉，我用畢生的積蓄置業，人生第一次做業主，買屋卻買了一個命案現場，我應該繼續住下去，還是蝕讓賣出去走人？

畫中魂

Morris 是一位長居美國的華籍商人，他經常要到世界各地搜羅及物色價廉物美的成衣布料。這次，他來到香港公幹，並趁空閒時間到荷里活道著名的古董街行逛。各式各樣的古董令他目不暇給，其中一幅民初的畫作吸引了他的眼球。畫中的少女婀娜多姿，穿著旗袍，側躺在床上吃鴉片煙。女子的眼神裡充滿了誘惑和詭異，令 Morris 一看著迷。

意外買得心頭好

Morris 看了很久，很想買下來，但又怕價錢不菲。於是，他嘗試講價：「老闆，HK$500，行嗎？若不行，我就走了。」

Morris 盤算著，這個低價被拒絕的機會很大。但沒料到，古董店老闆沒有還價，還馬上同意了交易。Morris 輕易買得心頭好，非常興奮，他馬上把畫作帶回酒店，好好收入行李箧裡。收拾完畢後，他滿意地離開，然後外出與客人吃晚飯。

非一般的臭煙味

晚飯完畢，他返酒店打算休息。一打開門，房內濃烈煙味湧入鼻孔，令他登時嘔吐大作。

誰竟敢擅自入房間抽煙？！是非一般的煙，不是平時聞到的煙味！ Morris 火冒三丈，立即致電酒店服務員，質問是否有執房員在他房間內一邊打掃一邊抽煙。但酒店服務員堅稱，他門外掛了 Do Not Disturb 牌，因此，整天都無職員入過他房間。

但煙味越來越濃烈，Morris 實在難以忍受，他要求酒店派職員上來看個明白，究竟是否有人入過房抽煙，所以殘留了煙味；還是冷氣系統出了問題，令空氣越來越混濁。

未幾，有兩個酒店職員已登門入內，四周視察，但都沒有聞到煙味。

Morris 不解地問：「沒有，你們鼻子失靈嗎？咁濃烈的煙味都聞不到？」

兩個職員搖搖頭，無奈地說：「先生，房內空氣很清新，真的聞不到甚麼異味。其實，先生您其實想換房，對嗎？不如咁，我們替您換房吧。」

Morris 點稱同意，並馬上執拾行李，跟隨兩個職員到另一樓層的新房間去。

夜來粵曲的歌聲

走進新房間，職員問：「先生，這裡覺得如何？」

Morris 深呼吸了一下，異味全消，非常滿意。職員見 Morris 喜歡新房間，大家都鬆一口氣。

Morris 送兩位職員離開後，打算入浴室享受一下浸浴。

浸泡泡浴期間，一陣粵曲的歌聲傳入耳中。

「隔離房個大媽唱歌不用咁大聲吧！」Morris 享受泡泡浴時無故被歌聲驚醒，興致大減，於是改用花灑沖掉泡泡後，便離開浴室。

一打開浴室門，粵曲的歌聲曳然而止。

鬼向你臉上吹煙

不一會，濃烈的煙味再度襲來。

Morris四周搜尋煙味的來源，但遍尋不果。難道又換房嗎？明明剛才自己親口表示滿意新房間，但現在又換，顯然理虧吧！

「唉——算吧，快點睡著，就可忘卻煙味。」Morris上床，迫自己快點入睡。

Morris一瞌上眼，怪異的感覺就來。

他感到一陣陣煙味向著他臉龐吹過去。

好像有個「人」躺在他身邊，向著他的臉吹煙，一股臭得令人作嘔的煙。

他猛然張開眼，四顧張望，甚麼都沒有。

再度瞌上眼，那一陣陣臭得令人倒胃的煙味再度向他臉龐吹過來。

張眼望過去，又是甚麼都看不見。

這一下，他意識到自己可能——撞——鬼——了！

他霍地從床上跳下來，匆匆加一件大衣，然後走到酒店樓下櫃位，把剛才的所見所聞告知職員。職員表示抱歉，是日酒店房間很爆，已無法再度替他更換新房間，Morris苦苦思量，唯有索性退房。

「但……我不敢獨個兒上去，你們……陪我一齊上去執拾行李好嗎？」Morris哀求著說。

於是，兩個職員陪Morris上房執拾行李。

Morris 再度返回這間「鬼屋」，他不敢四周好奇張望，只想快點執拾所有私人物品走人。他翻開行李篋時，突然看到裡面的古董畫，不禁一怔：「我住了幾天酒店都沒有異樣，怪事好像由我買了這幅畫開始。畫中女子在抽食鴉片，我在房內聞到的臭煙味，難道是……？！」

想到此處，Morris 嚇得目瞪口呆。

吸食鴉片的畫中「人」

「先生，先生，你執好未？」

Morris 的思緒被職員的叫聲喚回來，他望著手上的古董畫，猶豫著應如何處置。

總不能帶走它，那不如留下來吧！

於是，Morris 把古董畫當垃圾丟到房內的垃圾桶，然後馬上跟職員離開。

就在 Morris 轉身離開和關門之際，他驚見一個穿旗袍的女子躺在床上吸食鴉片煙，這個情景與古董畫的畫像一模一樣。

此刻，她正用著幽幽的眼神望著 Morris，好像向他道別一樣。

沒有死過人的「凶宅」

香港的樓價貴得驚人，新樓的價錢實在不是正常人可以負擔的水平，Timothy 與新婚太太多番盤算，最後在上水買了一個二手樓單位，樓齡十年，尚算新淨。當日睇樓時，上手業主相當熱情，不斷賣花讚花香，稱單位座北向南，有廣闊的山景，住落令人心曠神怡云云。兩夫婦很心儀這個單位，上手業主又肯減價，交易很快達成。

這天黃昏，兩夫婦去取單位鎖匙。一上到門口，聽到屋內傳來嘈吵聲，像是一男一女在吵架。Timothy 與太太你眼望我眼，心想可能有人不知道單位已成交了，所以入內睇樓。Timothy 把門匙一插入匙孔，屋內頓時變得寂靜了。兩人疑惑地開門，屋內空無一人，並無異樣。他們只好當自己聽錯了，聲音大概從其他單位傳來。他們開始清潔居所，添置家具，兩星期便正式入伙了。

投訴鄰居反遭批評

可是，入伙後，怪事叢生！

每晚睡覺至半夜時，Timothy 都聽到客廳內傳出嘈吵聲，但每次他一出客廳，便一切回復正常。

他問太太有否聽到，太太每次睡眼惺忪地說沒有。

第二晚，客廳又傳來激烈的嘈吵聲，但這次跟之前不同，甚至傳出推撞家具的響聲。Timothy 看看身旁的太太，她仍然若無其事地呼呼大睡，於是膽顫心驚地出去看看。打開房門，聲音又曳然而止。

「咁夜仲嘈喧巴閉！？一層得兩伙，一定是隔離單位張生啦！起初吵鬧，現在已郁手郁腳，再唔理，會否釀成血案？」Timothy 覺得嘈音是來自鄰居張生，於是，翌日他到管理處，把這星期的遭遇覆述一次。

Timothy 憂心忡忡地說：「陳經理，張生他們今日鬧交，明天拿刀砍人，咁點算？」

陳經理皺著眉說：「Timothy，其實……我也正想向您反映。張生今早也來過這裡，他……投訴您單位夜晚傳出吵鬧聲和傢俬撞擊聲，我們有同事夜訪你單位門外，又真的嘈得很厲害。你現在反過來投訴張生，我都被搞胡塗了。」

Timothy 登時嚇呆了。

嘈吵聲越趨激烈

他回家後，把事件告知太太，太太也質疑道：「老公，我整晚睡得很好，沒聽到怪聲，其實，你講的情形是否夢境發生？」

Timothy 反駁道：「我一向比較易醒，少少聲都會嘈醒，邊似得你，瞓到成隻豬咁。」

他思索了一會，仍覺得唔對路，說：「宜家張生反過來話我們夜晚嘈吵和打架，我們夜晚有咁做過咩？」

討論之下，兩人開始覺得這個單位有點不妥，Timothy 多次致電經紀問及這單位的歷史，經紀每次都推說自己很忙，只是一直強調該單位不是凶宅。

滿地玻璃碎

這晚，他們如常入睡。

睡到凌晨三點左右，客廳又傳出吵鬧聲，Timothy 抖擻精神，豎起耳朵，他真的聽到，不是夢境。這一次，嘈吵聲更強烈，還夾雜了打破玻璃的聲音。他打開房門，衝突的聲音並沒有因為他的腳步走近而消失，反而愈來愈強烈。他一開燈，看見眼前的景象，當堂嚇呆了。客廳空無一人，但滿地玻璃碎片。

客廳組合櫃內的玻璃擺設全被轟得粉碎！組合櫃有上鎖，若非有「人」打開，玻璃擺設沒可能穿牆而過被擲在遠遠的地上。

Timothy 被嚇得精神崩潰，太太雖然沒有聽到丈夫所指的嘈吵聲，但看著滿地無可解釋的玻璃碎，她不得不信「這間屋有鬼」的事實。

▲即使無做過虧心事，但唔好彩住進凶宅，都會惹鬼纏身……

驅不散的怨氣

第二天，Timothy 直接致電業主，問單位是否凶宅，是否死過人。

前業主堅定地說：「呢間屋我拿到手後，一直無放租，我自己也無住過，肯定唔係凶宅，這裡也無死過人！」

Timothy 覺得前主有事隱瞞，於是不斷追問：「拿到手？間屋不是你買的？」

「呢間屋是我以前老公買給我的，但他本身有老婆。後來，個大婆發現了這個單位，有上來嘈過，但之後走咗，後尾佢哋兩個搞成點，我就唔知啦，總之我有樓揸手，也不理他們了。」

Timothy 決心追查到底，於是問了前業主丈夫和大婆的姓名，上網不斷翻查，最終發現一宗互斬雙亡的命案中兩名死者與前業主丈夫和大婆同名同姓。他們不是在 Timothy 的單位裡死亡，但他們卻是因這位二奶而爭吵出事，結果，兩個死於非命的夫妻繼續流連 Timothy 的單位，每晚上演生前喪命一刻的慘劇。

死人按摩

幾天前 Alex 到陳暉的店舖探訪他，Alex 看見陳暉的樣子面容憔悴，便向他詢問了原因，結果他的回覆把 Alex 嚇了個半死……

異常的沉靜

Alex 的老友是一個失明人士，老友的名字叫陳暉，陳暉在深水埗的一間按摩店上班，主要工作是幫客戶按摩。他說事情是發生在上一個星期的，他說有一個熟客叫晴兒，晴兒基本上每一個星期都會到店內找他按摩的。那天當陳暉做了很多客，差不多下班時手機收到了一條錄音短訊，正是晴兒發來的，她有點辛苦地說道：「我全身都好痛啊！我稍後要過嚟按摩……」陳暉已很累，但看着交情份上便答應了她。

大約 8 點左右，陳暉聽到了一陣急促的腳步聲，隨後按摩店的門鈴便響了。陳暉開了門，是晴兒來了，但陳暉很快察覺到晴兒好像沒有了往日的熱情，今天的她特別安靜，很少說話。正當陳暉幫晴兒按摩時，覺得非常異常，她腿部的骨頭都好像錯位了，甚至按下去的那一瞬間有點刺手，並隱約地聞到一陣陣的血腥味。

陳暉疑惑地問晴兒說：「晴兒，做咩今日唔出聲，係咪唔舒服唔開心啊？一係咁啦今次按摩我免費加半個鐘畀你啦……」

晴兒依然沒有作出任何回應，之後便默然離開了店鋪。剛回來收銀的職員在門口看着陳暉在對空氣說再見，對此舉動感到奇怪，便問：「你做咩同空氣講 Bye Bye 啊？」陳暉疑惑地回答：「係晴兒喎！你冇見到佢咩？」職員一口咬定說沒有，並表示他可能太累。

驚人的發現

陳暉收工回到家後，怎麼也想不通發生甚麼事。考慮一會兒後，決定打給晴兒問清楚，不過電話那頭並不是她的聲音，而是她家人接聽了電話，從她的家人口中得知晴兒就在幾天前輕生了，全身骨折最後送院不治……

好奇惹的禍

Edwin 下班後，坐在長椅上等地鐵，同樣坐在長椅上的有另外一個人，她是一個長得很精緻的女生。Edwin 留意到她正在打遊戲，這款遊戲很冷門，很少有人知道，但 Edwin 剛好有玩。Edwin 對這女生很有興趣，她人又好看，又有玩這遊戲，所以打算搭訕。令 Edwin 意想不到的是那個女生接受了他的搭訕，Edwin 很是激動，並從口中得知她叫 Emma。

熱情款待的真相

從聊天中發現 Edwin 和 Emma 的性格非常相同，一樣喜歡吃火鍋，一樣喜歡同一個 KOL，一樣喜歡同一套動漫……他們在同一站下地鐵後，Emma 邀請 Edwin 一起去吃火鍋，Edwin 豪不猶豫地答應了。在吃的時候，Edwin 留意到 Emma 沒有動過筷子，Edwin 覺得很奇怪，便問她：「做咩唔食嘢呀？啲嘢唔啱食？使唔使叫其他嘢食……」Emma 只是搖搖頭沒有說話，她一直在喝飲料，但在這頓飯中他們仍然聊得很開心。吃完後，Emma 向 Edwin 提出邀請到她家坐坐，Edwin 也答應了，因為 Edwin 想與她發展進一步的關係。

門後的秘密

Emma 的家非常之大，有三間房，其中有一間的房間是閉著的，房門上更有一把沒有上鎖的金屬鎖。Emma 叮囑 Edwin 不要入去，她一陣就回來，因為入面太多雜物還未清理好。然後 Emma 就上了洗手間，但 Edwin 實在好奇想知道門鎖的背後有甚麼，於是沒有理會她的叮囑，偷偷打開了門，裡面並沒有 Emma 所說的雜物，裡面只一個神主枱、一張照片、一個化寶爐，Edwin 驚訝地發現照片中的人正是 Emma，地上的化寶爐中還有些灰燼。Edwin 瞬間意識到 Emma 為何剛剛只喝飲料不吃食物，因為只有靈體是吃不到未經化寶爐燃燒的食物。Edwin 瞬間慌了，剛好被從洗手間出來的 Emma 發現，Edwin 跪在地上連忙道歉，請求 Emma 放過他，但 Emma 並沒有生氣，反而放了他走，因為 Emma 好久也沒有和一個人聊得這麼開心了，她相信 Edwin 不是故意揭穿她的。隔天，Edwin 發燒生病了幾天。自此之後，Edwin 再也不敢隨便找人搭訕了！

「他」在洗手間

我叫阿 Nick，我主要的工作是在殯儀館做清潔工，我一開始是不相信鬼神這種東西的，但上周發生的事不得不令我相信……

那天是我的生日，所以和朋友去吃了日式放題，我瘋狂地大吃一頓後，就回去上班了。回到殯儀館後，已經是晚上 8 點了，我回到屬於我的樓層開始工作。我一邊拖地一邊哼著歌，突然，肚子有點不適，可能是剛才吃了太多生魚片了。我連忙放下手中的地拖，直奔走廊盡頭的洗手間去。

你搵唔到我

我一開門「嘭」的一聲，原來是其中一個燈膽爆了，這時的我沒有多管，只想盡快上洗手間，燈膽之後再換。由於有一個燈膽爆了的緣故，洗手間的燈光有點暗，但又未至於看不到東

▲夜晚的廁所是極陰之地，隨時撞鬼 ……

西。我在廁板上坐著，突然我聽到洗手間門打開的聲音，我心裡很疑惑：「呢個鐘數我呢層應該冇人㗎喎！係邊個呢？會唔會係工友阿文？」

我通過廁格門下方的空隙看到有一個人影在晃動，我便說道：「阿文！係咪你呀？」但對方沒有作出任何回應。

之後我又說：「唔好意思，呢層呢個時段唔對外開放！要去廁所嘅話去下一層啦！」對方依舊沒有任何回應。

我開始有點生氣，我便怒吼對方：「我同你講緊嘢啊！」這次對方作出了回應，我通過廁格門下方的空隙看到了他的腳，「他」走到了我廁格門前，用力撞了一下，廁格的門差點被他撞開，我立刻打開門正想和「他」理論一番的時候，我發現「他」懸空消失不見了，而洗手間門並沒有開關所發出唧唧聲響，我由生氣轉變為不安，明明「他」就在我眼前，一打開門卻消失不見了，我反轉了整過廁所也找不到「他」，正當我打算離開的時候，在我耳邊出現了一把詭異聲音說：「傻仔！我喺度呀！」……

鬼上頸

阿斌是一個新來港人士，他一到香港，就碰到「住屋難」的問題；找到尺寸合適的單位，但租金貴得嚇人；租金便宜的，空間又細得可憐。阿斌好不容易找到深水埗一個唐樓，業主願意低價出租，說是同鄉所以願意低價租給他。那個單位有 300 呎，對阿斌一個人來說非常足夠，又有獨立廁所、又有廚房、又有書房。不過阿斌覺得有一個缺點，就是沒有鄰居，整層只有他一個，但是筍盤難求，他就沒有追問究竟。隨著時間一天一天的過去，阿斌的身體變得愈來愈弱，他總感覺到肩膊愈來愈沉重，但又找不到原因。阿斌嘗試去看醫生，中醫西醫都嘗過，但得出的結果都一樣：身體沒有任何問題。雖然如此，但阿斌總是感覺到肩膊很重，他只能夠彎著腰走路，以減輕痛楚。時間一長，阿斌的腰骨根本伸不直，甚至要拿著拐杖走路。

▲如果長期頸痛，又藥石無靈，要看看是否有靈體在作怪 ......

難忘的生日

很快就到了阿斌的生日，阿斌邀請了一個朋友到家裡一同慶祝生日，吃完生日蛋糕後，朋友拿著即影即有相機幫阿斌記錄下這一刻的美好時光，「咔嚓」的一聲相片出來了，兩人看到照片後很是震驚！原來照片中有個身穿紅衣的「人」騎在阿斌肩膊上，雙手抱著阿斌的頭，而最可怕的是它沒有頭顱的！兩人見狀，嚇得連滾帶爬地跑出了單位。

真相大白

之後阿斌請了法科師傅開壇作法驅了鬼，阿斌從師傅口中得知原來這是凶宅，房內曾經死過人，是分屍案，兇手有精神病，他懷疑妻子出軌並把妻子的頭部砍下然後丟棄，到了現在頭部還是下落不明。聽到此處，阿斌終於明白到為何業主願意低價租給他，而旁邊沒有鄰居是有原因的……

鬼玩人

這次故事的主人翁是王先生，王先生是一名新入職的貨車司機。這天同事阿文因生病了所以沒上班，由於其他人都忙於自己的工作，只有王先生比較空閒一點，所以同事阿文的工作就由王先生接手了。其中有一單工作是要在凌晨把貨物準時由旺角送到大嶼山，途中是要經過青衣北岸公路，怪事就在那裡開始了......

奇怪手印

那天晚上凌晨，王先生一路開到青衣北岸公路。由於是凌晨，公路上沒甚麼車，王先生為了盡快把貨物準時送到大嶼山，所以加大了油門，車輛開得飛快。突然，貨車的車頭燈熄滅了，砰的一聲把王先生嚇了一跳，只剩下了暗暗的路燈照明。當他再次打開車頭燈的時候，公路上一切正常。王先生下意識地看了下倒視鏡，檢查是否撞了物體，基於不放心，他把車靠邊停下，再次檢查是否撞倒了物體，但公路上甚麼也沒有，奇怪的是車頭多了一個黑色的手掌印，而他認為是洗車時留下的就沒有理會，便繼續開車。

斷手

王先生上車後還沒開幾分鐘，貨車的車頭燈又熄滅了。接下來又是砰的一聲，這次王先生打開車頭燈的時候，發現車頭燈的白光變了紅光，擋風玻璃多了幾行紅色的水跡，嚇得他立刻把車煞停，因為有機會真的撞到物體了。王先生走到車頭檢查，發現車頭燈上都是血，所以才會由白光變了紅光。車頭手印的位置多了一隻血淋淋的斷手，他立刻向車底看去，發現車底下有一個滿身是血的女人，她身體已經嚴重變形，手也撞甩了，到處都是一灘灘的血跡，她好像沒有了生命跡象。王先生立刻上車拿手機報警，之後他再打算下車查看情況時，發現那個女人消失了，地上的血也沒有了，正當他驚恐萬分的時候，背後突然有東西碰了一下他，他回頭一看，發現正是那一隻斷手……

怨魂復仇篇

亂講說話，得罪鬼神，小則交上霉運；重則有血光之災！因此，小心禍從口出！也要記住多行不義必自斃！人在做，天在看！即使法律懲治不到你，但另一個空間的「朋友」絕對有本事要你求生不得、求死不能！

誰下的 Order？

「咩話？你要加班？！」

Bobo 拿著手機，咆哮著。她怒吼的聲朗很大，響徹整個酒店大堂。

電話裡面的另一方是 Bobo 男朋友 Ricky，原本計劃星期六中午下班後趕去酒店跟 Bobo 會合，但工程出了問題，老闆唔肯放人，Ricky 無法下班，估計翌日的星期天也要回公司「補鑊」。

「我生日呀，這間海景酒店你話要來的。現在你要我兩日一夜自己一個在酒店過，係咪？！係咪呀——！」Bobo 嗚咽著叫罵起來。

「我都唔想㗎！下次請假同你玩餐飽補數，好嗎？唔傾啦，老闆行緊過來。」未及 Bobo 回話，Ricky 已急急收線了。

入住尾房

「衰人！衰人！衰人！」Bobo 好像瘋婦一樣咒罵著，嚇得排隊等Check in的人都紛紛回望過來。好不容易終於到了櫃位，餘怒未消的Bobo把登記文件重重地擲在枱上，並大聲叫囂:「快D呀，我排了一個鐘啦！」

櫃位職員知道此客人不好惹，已加快手腳辦理手續，但 Bobo 仍是非常不滿，直把對男友的怒恨發洩在職員身上。職員無端受氣，便刻意安排了一間風水極差的尾房給她作報復。

不少人入住酒店是都會盡量避免尾房，怕陰氣太重，易招來靈界朋友。但 Bobo 排隊排到雙腿疼痛，非常疲累，沒理會尾房的禁忌，匆匆拿了房卡就走人。

Bobo 氣匆匆登上自己的樓層，拿出房門卡開門，豈料試過幾次都無法成功打開房門。

「搞錯呀！點會無反應架！連張死人房卡都同我過唔去！」Bobo 非常氣結，舉起右腳就重重踢了房門幾下；接著，再拍房卡，這次「嘟」一聲成功開了門。

「頂！真係唔踢唔得！」

摸錯房間？

入房後，Bobo 丟下所有行李，大字形躺在床上喘息。不久，一陣門鈴聲響起，原來是房務員端來了食物。Bobo 立時火冒三丈，連珠炮發地罵道：「搞甚麼鬼？嘈喧巴閉，我都無點過食物！」

房務員狀甚委屈，顫抖地說：「小姐，會不會是你同伴在你沒留意的時候點了呢？因為剛才我接到的電話是一個男人打來的……」

Bobo 沒理會房務員，「啪」一聲把門關上。

不久，一陣門鈴聲響起，房務員端來煙灰缸。

Bobo 反了白眼，罵道：「我幾時有 order 了煙灰缸？你們是否行路唔帶眼，摸錯房間！」

Bobo 沒理會房務員，又再度「啪」一聲把門關上。

Bobo 透了一口大氣，返回床上休息，沒多久就睡著了。突然聲浪甚大的電視聲驚醒了 Bobo，她好肯定自己入房後一直無開過電視，就連搖控器都不在她觸碰的範圍內。Bobo 回想剛才兩次房務員上門的怪事，越想越雞皮疙瘩。

換房——這是 Bobo 當下萌起的念頭，但大堂和房務的電話一直無人接聽。Bobo 很不耐煩，於是一股腦兒衝去大堂辦理換房手續。

沒有左邊身軀

由尾房走去升降機位置，大概要經過二十間房間左右，步速怎樣緩慢，五分鐘都走完吧；但 Bobo 不經不覺走了十幾分鐘，好像鬼打牆一樣，兜兜轉轉又返回自己房間位置，情形猶如墮進結界一樣無法走出來。

困惑之際，眼前出現一個穿白色制服、身型高佻但瘦骨嶙峋

▲很多人以為「鬼」沒有下半身，誰不知 Bobo 撞見的靈體「與別不同」，它好像被斬開一半一樣，只呈現右邊身軀 ......

的大叔，Bobo 估計他應該是房務員，便飛撲過去，希望大叔可以帶她走出「迷宮」。

走到一半，Bobo 覺得很不妥，大叔不是瘦骨嶙峋……而是他左邊身軀沒入了牆身裡，只有右邊身軀外露。

大叔緩緩地從牆身裡移動出來，長及臂部的髮辮在空氣中左右搖曳，這身裝束很明顯……很明顯，不是現代人的打扮。

「小姐，你——叫——我——嗎？」

大叔徐徐地轉過頭來，沒有五官的蒼白臉孔把 Bobo 嚇得昏死過去。

先人的寶貝

中二的 Sara 非常反叛，她無心向學，更有一個壞習慣，那就是愛偷家裡的錢或把家裡值錢的東西變賣。父母忙於工作，無暇管教 Sara，於是把她送去公公家裡。公公非常愛錫 Sara，儘管她有很多壞習慣又經常偷他的錢，但因為老伴去世得早，沒人陪伴著他，Sara 的到來令他很開心。

動了歪念

有一次 Sara 趁著公公睡著的時候，對他手上閃閃發光的金鏈打起了壞主意，她靜悄悄地來到公公的床邊，向閃閃發光的金鏈上伸出了魔爪。突然「叮」的一聲，把公公嚇醒了，原來是 Sara 手機收到訊息的聲音。正因為手機的聲音，公公發現了 Sara 的「行動」，但他只是說：「Sara 呢個你唔掂得，係你死鬼婆婆留畀我㗎！」而 Sara 只是一臉不屑地跑開了，她心裡暗

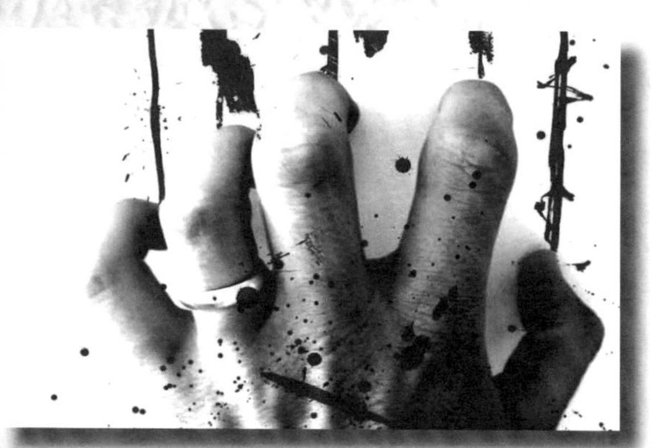

▲先人的遺物不可貪，否則，隨時要以命相抵......

暗地說：「等你遲啲死咗，條鏈遲早係我！」

夢的警告

沒過多久公公去世了，Sara 也順利把公公的金鏈偷到手，就在當天晚上 Sara 發了一個夢，她夢見自己趁著沒有人發現，偷偷地進了靈堂的後房，後房正放著公公的遺體，她來到公公的旁邊，掀開了白布，發現那條金鏈還在公公的手上，她慢慢地把金鏈從公公手上取下來，但發現怎樣也取不下來。突然她發現有人要打算走進來，她便躲到了床下，但原來只是虛驚一場。她從床下迅速爬出，打算繼續取下金鏈，但她驚訝地發現公公手中緊握著金鏈，明明金鏈剛才還在手上帶著，怎樣現在卻變了緊握著？正當 Sara 打算拿下金鏈時，公公卻開口了：「我同你講過呢個唔攞得，就算我死咗都唔得！」之後公公一臉憤怒地把金鏈放進口生吞了！ Sara 被嚇得當場醒了過來，之後每晚她都發著同樣的夢，直到她在公公的葬禮上把金鏈還了回去，惡夢才告一段落……

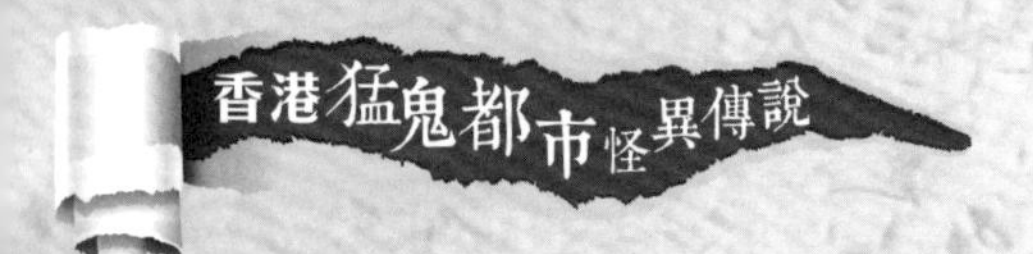

盂蘭怨魂

時值農曆七月，多區均有舉辦盂蘭盛會。

這晚，Tom 約了阿強一起去踢波，兩人到了球場，才知悉場地已被徵用作盂蘭盛會之用。

「球場做緊盂蘭盛會，今晚踢唔到波；若果要踢，要乘地鐵搭兩個站到另一個球場。」阿強失望地說。

「唔去咁遠啦，唉，真麻 X 煩，搞乜 X 盂蘭盛會？搞到我哋無波踢。」Tom 氣憤地說。

「咪亂講嘢啦！七月鬼門關大開，盂蘭盛會好像是它們的 Party 一樣，讓它們睇下大戲，享用一下祭品。鬼節完了，它們就會落返下面。一年得一次，通融一下啦！」

「點通融啊？！我幾乎晚晚都要陪阿 May，她是控制狂，如果我唔陪佢，佢就會以為我出軌偷食，發哂爛渣咁；難得今晚她自己有約，我才可以甩身，出來踢下波透透氣。你話我慘D，定係鬼慘D？」Tom 一邊說，一邊把地上的衣紙灰燼好像波咁踢。

被鬼跟

既然無波踢，Tom 和阿強唯有各自各歸家。

Tom 離開球場之際，瞥見一個大叔在球場門口，對他笑著。轉眼間，大叔不見了，Tom 以為大叔已入了球場，所以不以為意。

過馬路的時候，又見到這位大叔在馬路的對面，臉上的古怪笑容跟之前一模一樣。無波踢，Tom 已垂頭喪氣，所以沒有理會，繼續緩步走到屋企樓下。

正當快來到大廈門口時，又見到剛才的大叔，牢牢站在大閘面前，好像在迎賓一樣。他依舊以奇怪的笑容望著 Tom，看得 Tom 全身發麻。

「要入大閘，一定會經過大叔身邊。究竟硬著頭皮衝過去，還是遲D先返屋企？」Tom 猶豫著。

他突然想起了甚麼似的，在袋裡掏出電話。

原來，他要致電給住在對面大廈的朋友 Simpson，Simpson 是一名警察，Tom 希望他前來打救，趕走這個「怪人」。

「喂，Simpson，我懷疑被一個精神病人跟蹤，你出來窗邊看看我，就是呢個阿叔。不如你落嚟幫我趕走佢！」Tom 一

▲**盂蘭盛會是陰間一年一度難得的聯歡晚會，在世之人真的不可孽瀆……**

邊講電話，一邊留意怪人的舉動。他依舊一動不動，陰陽怪氣地看著 Tom。

強烈的詭異笑聲

「Tom，在鬼節你想乘機嚇人嗎？你前面邊度有人？大閘門前得你一個咋——！」Simpson 大聲罵道。

「咩呀，他就站在我面前大概五米距離，他成尊佛咁企喺大廈鐵閘門外，你看不到嗎？你家窗戶的角度應該可以看得一清二楚的。」Tom 大叫冤枉。

「我就係看得一清二楚，你前面一個人都無，大閘門前得你一個咋——！係咁啦，咪阻住我打機啊！」Simpson 生氣地 Cut 線。

一個人都無！？

明明有個大叔站在面前，你卻說前面一個人都無！？

Tom 開始意識到自己撞鬼了。突然，有「人」在 Tom 耳邊大喝一聲：「喂——！」

聲浪大到 Tom 閉起雙眼，捣著耳朵，手上的足球也甩在地上彈跳。一陣強烈的詭異笑聲湧入耳裡，眼前的大叔不知所蹤了。

露營鬼嚇人

「期待已久的露營終於來臨，教精你哋啦，露營最啱溝女，是你同至愛的人水乳交融的好時機。」Billy 仔說得手舞足蹈，嘴臉十分猥鎖。

「哈哈哈——！ Billy 哥，今晚邊個同你水乳交融啊？」Jason 咔咔大笑道。

「仲駛問？梗係 Joan 啦！」Bob 道出 Billy 仔的心意。

「Joan ？她幾高竇，睇怕無咁容易。」在旁的朋友紛紛潑冷水。

「你哋當我流㗎？女仔一般怕鬼，我一陣扮鬼扮馬話聽到附近有怪聲，有黑影飄來飄去，Joan 一驚，我就話會保護佢。保護下，保護下，就得米啦！」Billy 仔信心滿滿地道。

「我們駛唔駛扮鬼叫，助攻一下？」Bob 握實拳頭，心情好像比 Billy 仔更肉緊。

「你們唔好阻住哂！乖乖匿喺營裡面，等我匯報賽後結果啦！」Billy 仔拍著心口道，顯得信心十足。

猥褻的計劃

到了夜深時間，各人返回自己的帳幕休息。Billy 則借故走入 Joan 的帳幕，然後開始上演他預先準備好的「好戲」。

「Joan，你聽唔聽到......？」Billy 開始裝神弄鬼。

「聽到甚麼？」Joan 不解地問。

「有把女人聲在唱粵曲……」Billy 故意四顧張望，探索聲音的來源。

Joan 吃了一驚，也豎起耳朵細聽。

「沒有，我甚麼聲音都聽不到……」Joan 皺著眉說。

「有，聲音向緊我哋帳幕的方向，仲越來越近……。」Billy 瞪大雙眼，說話怪聲怪氣。

「你唔好嚇我啦，最衰 Mary 啦，臨時甩底，搞到我自己一個人瞓帳幕，我好怕鬼㗎。」Joan 嚇得差點哭出淚來。

「唔好驚，唔好怕，有我陪你。若你不介意，我今晚陪你，你放心，我是正人君子，不會有越軌的行為。」Billy 扮作正氣。

Joan 對 Billy 見義勇為的表現，頓生好感。

靈異的小旋風

就這樣，Joan 和 Billy 躺在一起。正當 Billy 仔構思著下一

▲在荒山野嶺露營，很易撞鬼，小心百鬼陪你瞓……

步「行動」時，突然，聽到營外面有一些怪聲，像有人在圍著Joan的帳幕在高速奔跑般。

起初Billy以為是朋友在附近整蠱作怪，心裡不禁罵道：「肯定是Jason和Bob佢哋，在外面八八卦卦打聽著。」

Billy偷偷地發短訊給Jason和Bob，示意他們返回自己帳幕，不要在搞搞震。但朋友們表示自己一直在帳幕裡，還反過來罵Billy阻住他們睡覺。此時，傳來沉重而有規律的操兵腳步聲，除了那些腳步聲外，遠處還夾雜著一些恐怖的動物呼叫聲。Billy決定走出去看清楚，但是不看還好，一看就真大鑊了！有一綑燃燒著的衣紙在旋轉，形式了一股小旋風，感覺有個人在地上飛舞。究竟是甚麼在跑？實在摸不著頭腦，但伴隨著那恐怖的動物呼叫聲，令Billy毛骨悚然......

在旁的Joan躺著看手機，完全感覺不到異樣，獨得Billy一人感覺到！怕得要命的Billy唯有繼續逞強，裝作若無其事。

一班軍人在操步

Billy唯有扮瞓覺，希望睡魔快點降臨。

但有些東西似乎要跟他過唔去，很快，他又聽到營外面傳出腳步聲，而且聲勢很大，好像有十幾個人在步操一樣。

「會唔會係班衰仔玩我？附近都係得三個營，無可能有咁多腳步聲！」Billy百思不得其解。

最恐怖是步操聲越來越大，好像「人」數越來越多......

Billy硬著頭皮撐起眼睛，微微揭開帳幕，揭起的一剎那，外面頓時靜過太空，重點是外——面——無——人！那狀似操兵的腳步聲，從哪裡來？

嚇到撇女走人！

Billy 十級恐慌，他霍地站起來，急忙掏出電話致電隔離營的 Jason：「Jason，過來救命——啊！」

「吓——？你同條女翻雲覆雨緊，我過來救甚麼命啊？」Jason 咔咔大笑道。

「死仔，過來啦！叫你過來就過來啦！」Billy 驚慌得六神無主，不斷喝令老友過來陪伴。

不一會兒，Jason 走了過來，見到神情恐慌、面色紫青的 Billy，不禁驚問：「嘩，Billy，你搞咩？」

Billy 如望見救星，一股腦兒湧入 Jason 懷裡，結結巴巴地道：「Joan，我走先啦……我約咗 Jason 佢哋，你……你自己瞓啦！ Bye Bye。」

數樓梯的禁忌

你知道嗎？原來樓梯也有禁忌，那就是不可以在晚上數樓梯。如果你去做了這件事，那後果將自己承擔……就好像 Chris 和 Agnes 一樣！

這天 Chris 的父母外出工作，家裡只剩 Chris 一個。Chris 心想這是一個千載難逢的機會，藉著父母都不在家，可以做平時父母不給自己做的事了，例如，瘋狂玩手機和看電視了！但 Chris 玩了一會後，總感覺一個人 High 不起來，他撥通電話打給 Agnes，並邀請 Agnes 到他家玩，Agnes 欣然答應了。

靈探實驗

兩人一直狂歡到晚上，玩了好幾個小時的遊戲機，他們也開始覺得無聊了。Chris 提議不如玩點刺激的，他曾在網上看過一個短片，是關於靈探實驗的，內容是在晚上數樓梯，若晚上數到的樓梯級數比白天少一級，這說明數樓梯的人已經進入靈異空間。Agnes 聽完後也深感興趣，她也想試試看，於是靈探實驗就在 Chris 家附近的荒廢大樓開始了。

虛驚一場

Chris 表示自己要第一個開始，並要求 Agnes 在 1 樓等著，因為這個實驗只能一個人進行。Chris 專心的數樓梯，並一步一步的往上走。

突然，Agnes 聽到 Chris「啊！」的一聲，Agnes 立即問

他發生甚麼事，Chris 笑著說道：「只係唔小心畀樓梯 kick 親，哈哈哈！」

到達 2 樓後的 Chris，發現樓梯並沒有少一級，周邊的環境也沒有異樣，於是返回 1 樓起點。

兩人的平行時空

接著，實驗就到 Agnes 了。Agnes 拿出了手機錄影，打算記錄下實驗的過程。而實驗期間 Chris 就在 1 樓等著。

「一、二、三、四……」Agnes 小聲的說道。

Agnes 記得 Chris 告知樓梯級數有 8 級，但現在她驚訝地發現樓梯級數只有 7 級，數了幾層都是，即是說夜晚的樓梯級數比白天少了一級。Agnes 興奮得大叫起來，他向 Chris 喊叫：「Chris，真係少咗一級樓梯啊！」

但 Chris 沒有回話，Agnes 沿著樓梯回到 1 樓，她發現 Chris 不見了，返回寓所也找不到他的身影，而她通過相機看到了另一個世界……

另一邊廂，Chris 發現 Agnes 還未返回一樓，於是開始呼喊她的名字，但同樣的是 Agnes 也找不到 Chris。

Agnes 如人間蒸發，生死未卜，家長已報警求助，警方曾派大批警員搜索但毫無發現，現場只遺下 Agnes 的手機……

剪頭髮惹禍上身？！

「喂！阿文，聽日嚟我新開嘅舖頭坐吓啊！免費幫你洗剪吹一次！」老友阿 Wing 興奮地說道。阿文立即回應到：「有咁筍嘅嘢！梗係好啦！記得幫我剪一個溝死女嘅頭啊！」就是這一個決定令到阿文意外撞鬼了！！！

「阿文，你老友的髮型屋今天開張，你去撐場對嗎？但切忌去剪頭髮啊！記得今日唔好剪啊！因為你今天仲要出席爺爺嘅喪禮喫，喪禮當日不宜理髮啊……」文媽緊張地說道。

阿文認為母親太過封建迷信，故求奇點一下頭敷衍了事，並沒有把母親的話放在心上。況且，老友新店開張，作為好朋友肯定要幫襯一下吧！

講起老友阿 Wing 新開的剪髮店，裝修非常華麗，十分有歐美的風格。阿 Wing「親自操刀」幫阿文剪了個型男的髮型，阿文很是喜歡，並在店鋪裡坐了很久，直到接近黃昏才走。

被鬼紙紥猛追

阿文到達殯儀館後，眼利的文媽發現他剪了頭髮，但她沒有當場訓斥，只給阿文一片碌柚葉，並要求兒子放在口袋裡作保護用，阿文只好照做。就在阿文從口袋拿手機出來的時候，碌柚葉意外地掉落到地上了，但他卻懵然不知。

到了晚上，阿文因太累所以提早離開了殯儀館，在回家的時候，他總感覺背後陰風陣陣的，好像有誰跟著他一樣。他走兩步又回頭一看，但甚麼也沒有看到，只有幾個零丁的路人。當阿文再次回頭的時候，他看到身後的街燈下站著一個「人」，那個「人」快速向阿文跑過來，阿文驚訝地發現那「人」居然是紙扎公仔，他嚇得癱軟在地，並尿了一褲子。就在紙扎公仔離阿文還有一兩步距離的時候，它整個倒下了。突然在旁的街燈熄滅了，正當阿文驚慌失措的時候，街燈又重新亮了起來，本該在面前的紙扎公仔消失不見了！阿文見狀立即拔腿就跑，當再回頭時，他發現紙扎公仔還在追他，這次不同的是多了兩個紙扎公仔在追自己......

根據民間傳統習俗，喪事期間親人不能剪頭髮！不剪頭髮是為了避邪，以不修邊幅的樣子在殯儀館裡，讓自己跟平日不一樣，使鬼魂認不出自己，就不會被跟回家。但阿文因不守規矩，所以惹禍上身！！！

假陰陽眼

Patrick 一直向朋友聲稱自己有陰陽眼，自己能看到其他人看不到的東西，但朋友 Ada 和 Sammi 卻一直半信半疑，Patrick 為了證明自己的「超能力」，故相約她們放學後偷偷留在學校進行靈探！這次靈探的地點是在 4 樓的洗手間！！！

「相傳呢間學校嘅前身係一間醫院，我哋依家身處嘅洗手間就係當時的停屍間……」Patrick 壓低聲線，陰聲細氣地說道。

Ada 和 Sammi 反了一下白眼，聳聳肩膊，不屑地說：「你繼續大話連篇吧！」

Patrick 馬上入正題，詳細交代今晚靈探的安排：「我哋今晚 12 點會對住塊鏡，講三次自己個名，然後一直梳頭髮，如果成功通靈就可以喺塊鏡入面見到……」

Ada 很不耐煩，沒等 Patrick 說完，看了看手機上的時間，便說開始吧！

靈探 Start ！

「Ada、Ada、Ada ！」Ada 按 Patrick 要求重複叫自己的名字三次，然後開始對著鏡開始梳頭髮。

Sammi 亦有樣學樣，跟著 Ada 的步驟自己也做一遍。

她們一直死盯著鏡子，一分一秒地過去，不經不覺已等了 5 分鐘，甚麼也沒有發生，鬼影也沒有一個！

Patrick 自信地說道：「你哋肯定通靈失敗咗，我有陰陽眼一定會睇到，等我出手啦！」

奸計得逞

不一會，Patrick 低聲細語說：「我睇到佢啦！佢一路望住你哋，而家佢企喺我後面啊！」Ada 和 Sammi 下意識地退了幾步，Patrick 繼續裝模作樣，又故意大叫一聲，並指著她們的後面說：「佢突然之間去咗你哋後面啊！」Patrick 太七情上面，Ada 和 Sammi 不敢不信了，她們嚇得衝前抱緊 Patrick，其中 Ada 更嚇得流出淚來。

Patrick 嘴角上揚，對自己計劃得逞感到很自豪。其實他一直喜歡 Ada，他並沒有甚麼陰陽眼。靈探只是一個藉口，他的目的只想在異性面前證明自己與別不同，證明自己有本事抱得美人歸。

玩出禍

正當他洋洋得意，自以為計劃得逞時，Patrick 留意到身後有些怪異聲音，從鏡子中看到廁格門緩緩地打開了，廁格裡站著一個人。由於那人是背對著他的，所以 Patrick 看不到他的正面。Patrick 的視線離開鏡子轉頭望向廁格裡，驚訝地發現廁格門關上的！他意識到不妙，當他再望向鏡子的時候，那「人」已經到達了他的身後……

「的哥」深夜驚魂記

的士司機有個工作禁忌，就是不要駛入掘頭路。不過，今時今日搵食艱難，客人叫到都無計；很多司機為了滿足乘客的要求，都唔驚得咁多。但如果你最近時運低，就唔好搏啦，命仔緊要啊！

鬼迷心竅揀靚女客

雞強是一名的士司機，圍內都知他是名「咸濕仔」，鍾意吸女仔。

這晚，車輛駛到鯉魚門之際，路邊有兩個女乘客一齊揮手叫車，一個穿熱褲，露出修長美腿；另一個是衣著老土的大媽。雞強色心又起，他主動停在靚女面前，讓她先上車；大媽見的士停低，馬上衝上前開車門。靚女眼明手快，已第一時間坐上沙發，司機見狀，向大媽叫道：「阿姨，小姐已上了車，你等下一架啦！」

大媽望了一下後座，不禁一征。

雞強關好車門，繼續開車。

與鬼同車

「靚女，去邊吖？」雞強看著倒後鏡中的靚女問道。

「元朗錦田八鄉。」靚女說得陰聲細氣，雞強知道是長途車，馬上精神爽利，心想：「靚女呢程車至少要二百幾蚊，今晚真係執到支好籌！」

由鯉魚門駛入元朗錦田，車程甚遠，雞強一心二用，一邊駕車，一邊貪婪地從倒後鏡偷望後座靚女的火辣胸脯，眼睛吃盡冰淇淋。

到了要轉入八鄉時，雞強問道：「靚女，你要往哪方向去呢？」

那女士說：「祠堂方向。」

靚女的目的地是元朗八鄉的古舊鄉村，由於該處非常黑又沒有街燈，雞強不敢入村，而且又是掘頭路，但靚女叫到，雞強也被迫車入村。

可是，當他按靚女所指示的方向再行駛時，開始有點驚慌，因眼前只見漆黑的草叢堆，看不見有任何村屋。

就在此刻，靚女嚷著要停車，雞強唯有停下來，再按停車錶，轉身準備向她收錢時，那個女士竟然可在車輛停定的一、兩秒之間消失於眼前！

雞強目瞪口呆，全身顫抖，原來……原來剛才一直與女鬼同車！

被紙紮車狂追

但事已至此，眼見這條是掘頭路，點都要揸返出大街，但沿路好黑好黑，突然之間從倒後鏡赫然見到一駕紙紮車正高速駛過來，好像要撞向雞強駕車。

雞強十級恐慌，發狂地開車走避，衝上元朗公路後，見到紙紮車已消失無蹤，雞強軟癱在軚盤上狂喘氣，休息了良久後，他抹乾一身冷汗，重新開車。

路上車輛越來越多，路燈亦越來越通明，雞強相信驚魂已過，心情也安定了下來。

瘋狂鬼客死纏不休

就在此時，一陣轟隆的警車聲頓時擾亂了雞強平靜的心情，明顯警車是向著他而來，並示意他停車。雞強心頭狂跳，臉孔發熱，心想：「究竟又發生甚麼事？」

「阿 Sir，咩事啊？」雞強已受盡驚嚇，只希望警察不要為難他。

「先生，坐在你隔離的乘客呢？」阿 Sir 問。

「我隔離？阿 Sir，咪玩啦！我一直駕著空車出來，車上沒有其他人啊？」雞強不禁一怔。

阿 Sir 厲聲斥責道：「你玩阿 Sir 就真！遠處見到你隔離坐咗個人，他伸了半個身位出窗外面，咁樣好危險的！轉眼間，你隔離個人就唔見咗，你肯定偷偷落客，不是嗎？公路不能上落客的，你是司機，應該知道的！」

阿 Sir 一邊說著，雞強臉色由白變青，由青變紫，他驚呼了幾聲「撞鬼」後，失控地踏下油門高速離開。交通警大驚，隨即返回警車追截；但沒多久，雞強已連人帶車撞向石壁，重傷昏迷。

死靈

Joseph 和 Hailey 是安娜醫院的模範夫婦，他們相當恩愛，事業亦非常得意，是有望晉升為顧問醫生的兩個人選。他們事業心都很強，但正正這時候，Hailey 有了身孕。她不想 BB 的突然降臨，破壞了她的升職大計，於是斷然決定墮胎。這已是三年前的往事，三年不經不覺過去，Hailey 已漸漸忘記自己中止懷孕這件事......

Joseph 和 Hailey 最終如願擢升為顧問醫生，兩人亦覺得是生育的好時機，天從人願，Hailey 亦順利懷孕及誕下男嬰，一切比想像中順利。

嬰兒對著空氣玩耍

兩人都是大忙人，於是請了外籍傭工在家照顧 20 個月大的孩子 Jaydee。最近，外籍傭工 Mary 表示，發現 Jaydee 經常向著牆角牙牙地叫，好像牆角有人跟他對話一樣。後來，情況更變本加厲，Jaydee 不但對空氣手舞足蹈，家裡不停有人影閃過，她睡午覺時更被詭異叫聲嚇醒。

Joseph 聽到後，大吃一驚，心想：「唔通屋企有污糟嘢？」

Hailey 則不以為然，聳聳肩，然後說：「我們都是接受高等教育的知識份子，怎會相信鬼怪這些謬論？是 Mary 想乘機扭加人工吧！？」

Joseph 認同太太的說話，但又很想找出真相，於是建議：

「不如在家裡裝 Cam，唔好俾 Mary 知，我們返咗工都可以留意 Mary 一舉一動，咁咪一清二楚囉。裝咗 Cam，我們也可以觀察 Mary 是否妥善照顧兒子。」

Hailey 點點頭，但隨即又皺眉頭，問：「唔俾 Mary 知？好像違法。」

Joseph 拍拍太太肩膊，說：「俾 Mary 知道裝咗 Cam，她實會扮乖，我們怎樣查出真相？」

幾天後，Joseph 趁外傭周日外出遊玩，在家裡客廳的暗角處裝了一個攝錄鏡頭，BB 牀在客廳，Mary 大部分時間都在客廳照顧 BB，只拍攝客廳的畫面，已經可以了解 BB 日常的起居飲食和各樣動態。

突然發惡的臉孔

這天，Joseph 和 Hailey 在醫院忙了一個早上，終於可以趁 lunch time 大家小聚一會。他們利用手機一起觀看家裡客廳的視像畫面。

從畫面所見，Mary 坐在沙發上餵飼 Jaydee，一切如常，沒有異樣。

突然，Jaydee 向著客廳的地顫咔咔地笑。定睛一看，在沒有人操控下，地顫上有個皮球在兩邊來回彈來彈去，好像一邊在拋波，另一邊在接波一樣，Jaydee 好像睇到甚麼似的，開懷大笑。

此情此景，看得 Joseph 和 Hailey 冷汗直冒。

突然，外傭 Mary 慢慢抬起頭，用很兇狠的眼神盯著閉路電視，彷彿知道 Joseph 和 Hailey 正看著她一樣！

「她發現個鏡頭？」Hailey 驚慌地說。

Joseph 冷靜地繼續觀看，然後說：「Mary 平日很和善，唔似可以做出咁惡的神情。」

「她會傷害 Jaydee 嗎？」Hailey 瞪大雙眼，憂心地說。

Joseph 安撫太太，然後說：「我回家看看吧——！」

小鬼的惡作劇

Joseph 回家了解究竟後，致電太太匯報：「老婆，不對勁！你我都忘記了，今天 BB 要做身體檢查和打針，外傭 Mary 一早已帶 BB 到母嬰健康院，到傍晚才歸家。我們睇 CCTV 的時間，他們根本不在屋企。」

「吓！？那我們睇到的畫面，是甚麼？」Hailey 聽罷，嚇

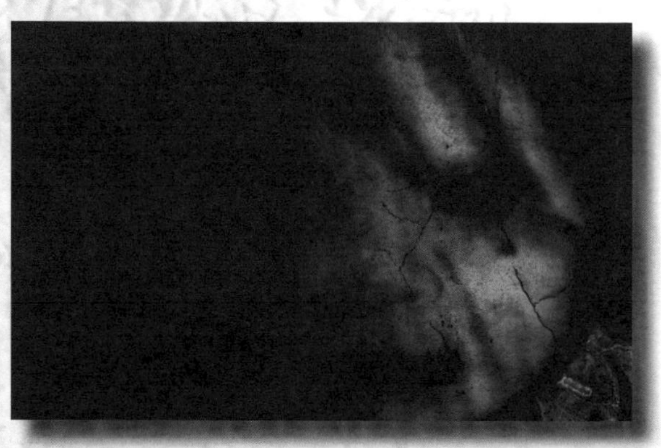

▲胎兒無辜死去，會變成嬰靈，遺害人間洩憤……

得差點昏死過去，她倒抽一口涼氣，氣弱柔絲地探問。

「但我睇返手機的錄影，我們今天一齊見到的畫面，已變成雪花……」Joseph 緊張兮兮地說。

Hailey 一向不信鬼神，但對於今次的怪事，實在無法用科學角度去解釋。她終於投降，跟 Joseph 一起去找法科師傅問個究竟。法科師傅望 Hailey 掌相，再合指一算，馬上道出她三年前墮胎的往事。師傅竟可道出這段不為人知的往事，Hailey 感到十分意外。師傅表示，家中連串怪事，究其原因，是 Hailey 墮胎後沒有好好處理嬰靈事宜，過世的嬰孩嫉妒 Jaydee 可以投胎轉世和得到萬千寵愛，所以在家中作出戲弄的行為。幸好嬰靈不是存心作惡，所以沒有傷及 Jaydee 和照顧者 Mary。

幾個細路跟埋返屋企……

陳母早陣子跌傷腰骨入院，留醫兩星期後，終於可出院。大女 Josie 和細女 Mayee 一齊接媽媽出院，陳母發著牢騷：「咁遲㗎，我等你們接出院，等到天黑了。」

「我執啦，媽你不要郁動，跌傷腰骨，可大可小啊！」大女 Josie 趕忙過去幫母親執拾細軟。

「你們唔駛返工咩，咁得閒？無鬼用！你睇你哋細佬，老闆幾重用佢，所以佢先來不到醫院接我。」陳母說時，反了一下白眼。

「你入醫院咁耐，細佬無心肝，無來睇過你；得我和家姐輪流來照顧你。」細女 Mayee 反駁道。

「你們無鬼用就無鬼用啦！生女真的無鬼用，蝕本貨；好彩我生了個仔，識得搵錢，老闆又器重，日後我都旨意他來養我。唔通我旨意你哋啊！」陳母用厭惡的眼神望著眼前兩個女兒。

大女 Josie 默不作聲，繼續掺扶著母親。

「咁你現在咪旨意緊我們來接你出院囉？」Mayee 不忿氣媽媽如此重男輕女。

「唉，我一定是前世作孽啦，生了你們兩個女，如果我連生三個仔就好囉！前世做了錯事，今世要還的，前生做錯事，有些今世就生極都係女，有些生極都生唔到，有些就有咗都無端端小產！有些則生咗一些有問題的細路。」媽媽毫不忌諱，大聲地說她的「偉論」。

黑狗狂吠

陳母繼續大言不慚，發表他重男輕女的歪理。

兩姐妹唯有借聾耳陳隻耳，扮聽唔到。

陳母一家住在村屋，返到家門之際，隔離屋的狗吠聲轟然響起，直把三母女都嚇了一大跳。鄰居霍太見狀，從遠處奔跑過來喝止，但仍擋不住黑狗如暴雨般的怒吠。

黑狗平時頗溫馴，今天突然變成甩繩野馬，大家都覺得不可思議。幸好黑狗有狗繩駁著，否則，後果不堪設想。

晚晚嘈喧巴閉

入到屋內，兩位孝順女扶著媽媽上床休息。

「媽，你睡一回，我和家姐煮晚飯給您吃。」Mayee 溫柔地說。

「得啦，得啦！」媽媽說完，很快便入睡。

兩姐妹在廚房張羅吃得的東西，然後分工合作，一個煲湯，一個炒菜，非常合拍。突然，房內傳出轟隆一聲。

兩姐妹驚慌地對望了一眼，然後衝入媽媽房間看個究竟。

一打開門，只見媽媽憤怒地向床頭擲硬物。

「媽，咩事啊？」大女 Josie 走過去安撫母親。

「好嘈，Josie，叫你幾個百厭仔女收聲啦，佢哋喺床尾嘈喧巴閉，追追逐逐，嘈住我點瞓啊？」媽媽一邊說，一邊拿著枕頭，正想投擲過去。

兩姐妹互相對望了一眼，她們今天均沒有帶子女過來，為何母親說太嘈？循著母親的視線望向對面牆、床頭櫃和衣櫃，雖然燈光昏暗但並沒有甚麼異常。兩姐妹都在嘀咕：媽媽好夢正濃，突然被嘈醒，所以神智混亂了吧？

耳邊鬼食泥

Mayee 提議道：「不如俾粒安眠藥給母親吃，她瞓得好D，會無咁嘈。」

Josie 同意，於是，向母親遞了杯水送藥。

母親再度入睡後，兩姐妹回到廚房繼續忙碌。

半小時過後，房內又傳出嘈雜聲。

兩姐妹打開門看望母親，母親神經質地狂抓頭，怒吼道：「很嘈啊，不斷在耳邊鬼食泥咁，你同我返出去！」

「媽媽，你做乜啊，我們都無在房內嘈你。我和細妹一直在外面煮飯。」Josie 不解地問。

▲鬼，是無處不在！唔好亂講說話，咪以為鬼聽唔到 ......

「你們一直在嘈，鬼食泥咁！你們唔俾我瞓，想搞死我係咪？」母親生氣地斥責著。

「邊有啊？」Josie 委屈地反駁。

Mayee 突然想起了甚麼，然後把 Josie 拉到一旁，悄悄地說：「阿媽一返屋企，隔離的黑狗猛咁吠，頭先瞓覺又話有細路仔嘈住佢，又話聽到鬼食泥……阿媽會否撞到……污糟嘢？」

Josie 倒抽了一口涼氣，回想 Mayee 的話，又甚有道理。思索了一會後，憂心地問：「咁點算啊？」

法師打救

Mayee 馬上致電一位法科師傅，把這天發生的經過一五一十相告。師傅隔空與靈體對話，終於明白陳母被鬼搞的真相。

原來，陳母在醫院亂說話，惹怒了多位在醫院裡面病死的小孩靈體。小孩靈體跟埋返屋企，並大肆戲弄，作出教訓。翌日，兩姐妹帶母親到道壇，師傅拿出一道符，向母親唸咒施法，未幾，母親已回復清醒。小孩靈體沒有太大惡意，旨在向陳母作出小懲大誡，很快亦離開了。

請鬼容易，送鬼難……

「筆仙筆仙請回本位！筆仙筆仙請回本位！」

「筆仙筆仙請回本位！筆仙筆仙請回本位！」

「筆仙筆仙請回本位！筆仙筆仙請回本位！」

一群人聚精會神地請走筆仙，其他同學也好奇地走來觀看。

「唔好請走筆仙住啊，我都未問問題……」Judy 氣沖沖地跑來。

Alison 在嘴巴前豎起手指，示意叫 Judy 住口：「安靜點吧，不要喧嘩。大家之前講好了十點鐘開始，你自己遲到罷了。他們已問完，現在要請走筆仙了。」

「唔准走啊，我還未問，我想知道隔離學校王家俊是否鍾意我……他成日同個女仔出出入入，究竟他們是不是情侶……」Judy 急口令般發問。

突然，不知道是否太用力，鉛筆芯突然一斷！大家都嚇了一大跳！有份玩筆仙的同學們沒人敢鬆手，然後鉛筆就突然自己回本位了。

大家都鬆了一口氣，其中一個女生說：「玩完後，要把紙和筆帶回家燒掉，才算完成。」

「喂！訓導主任巡房呀，俾佢知大家在玩筆仙，要見家長喋！」在門外把手的 Tiffany 衝入課室，壓低聲線向大家通風報訊。「義字當頭」的 Judy 見狀，馬上把來不及燒掉的紙和筆，一股腦兒塞進書包裡。

收拾現場後，大家在訓導主任面前扮作若無其事地看書。

衣櫃的敲門聲

放學後，Judy 如常乘搭馬鐵回家。經過一整天的課堂，Judy 已疲累不堪，請筆仙用的紙和筆沒有按程序被燒掉，Judy 亦沒有把此事記在心上，任由它繼續留在書包裡。

Judy 回家後，功課未做，飯也沒吃，就累倒在床上。

睡夢中迷迷糊糊聽見有人敲房門，以為是媽媽要入來擺放衣物。Judy 不以為意起身開了門，轉頭又上床休息，隱約聽到有關門聲後她就睡著了，過了不知道多久，又聽見敲門聲。正準備要再起身開門，突然發現，傳來敲門聲的，不是房門，而是房內一個木製的老舊衣櫃！

Judy 覺得奇怪，誰躲在衣櫃裡玩這種惡作劇！？她走了過去順手就把衣櫃門拉開，空無一人……

關上門，正在思索自己是否有幻聽，或是聽錯隔壁屋的聲音之際，衣櫃再度傳來「叩……叩……叩……」

沒 SIM 卡的電話響起來

衣櫃敲門聲響遍一個夜晚，令 Judy 睡不安寢。

翌日返學精神恍惚，無法提起精神。

同學 Alison 慰問道：「Judy，你今天無精打采，上劍擊堂時，你竟然打輸俾初學的徐敏芬，唔似你喎！」

「昨天隔離屋不知搞甚麼鬼，常傳來怪聲，搞到我無覺好瞓……」Judy 一邊說，一邊打呵欠。

這時，電話突然響起！Judy 愣了一下，因為她手上的手機本身沒有插電話卡，純粹用來做運動時作計時器之用。無可能會接到來電！

「望下手機號碼是甚麼？」Alison 說。

「寫著『未顯示號碼』啊，好唔好聽呀？」Judy 很無奈。

「不如……按下擴音鍵，一齊聽呀。」Alison 說完，有幾位同學都靠過來一起聽。

淒厲的女子尖叫聲

突然，話筒傳來一陣淒厲的女子尖叫聲。

一眾女生嚇得哇哇大叫，奔跑走避，有人不小心踢跌了 Judy 的書包，裡面的紙筆跌了出來。

Alison 見到後大驚：「這是日前請筆仙用的紙筆？你沒有燒掉嗎？」

「沒……沒，我……唔記……唔記得咗啊。」Judy 馬上明白一切，非常懊悔自己竟然做漏了送筆仙的禮儀。

Alison 悄悄找來一個火機，然後把當日請過筆仙用的紙筆燒掉，一邊燒，一邊誠心合什，唸唸有詞地說：「筆仙筆仙請回本位！筆仙筆仙請回本位！」

儀式完畢後，怪事終於完結。同學們也不敢再玩筆仙。經此一役，大家都明白：「請鬼容易，送鬼難。」

紙紮都有人偷？

疫情下死亡人數比往年增多，社會彌漫著愁雲慘霧；諷刺的是帶旺了殯儀相關行業的生意，其中包括紙紮。

一位客人到紙紮店找峰哥，說：「老闆，我家母親過身了，我想購置一系列的紙紮祭品，在下月 10 號出殯時用。她死前曾說過想換一部智能電話，學習一下如何和外國的孫兒視像通話，豈料電話未買到，人已仙遊了，所以，您記得替她做一部最新型號全新摺疊式智能手機。」客人說完，遞上一張祭品名單，著峰哥準備。

瞞得過人，瞞不過鬼神

交貨當日，峰哥按時搬運了客人要求的紙紮祭品到殯儀館。途中，他不小心將紙紮手機掉在了地上，摔破了一角。這該怎麼辦呢，要重新再做這部可摺疊的智能電話，很費功夫的；但是眼看著客人就要來了，重新做一個已經來不及了。他心裡很著急，不知道怎麼辦，於是「情急智生」，用了一台舊款的「諾X亞」紙紮電話混在一眾紙紮祭品中充數。

沒過一會，客人就來了，粗略看了一遍，覺得滿意，便付齊尾數。貨銀兩訖，錢已付清，貨品已點收，交易已完成，客人又滿意，峰哥成功「瞞天過海」，也鬆了一口氣。

有賊打劫紙紮舖？

晚上，峰哥回紙紮舖為另一個客人趕工。

突然聽到店內有些怪聲。

「難道有賊？」峰哥冒起第一個念頭。

「傻的嗎？紙紮鋪怎會有人打劫？偷紙紮嗎？」峰哥也取笑自己有這個怪念頭。

峰哥估計是自己做得太累，累到開始有幻覺了。

但怪聲越來越大聲，是一些翻箱倒櫃、左撲右搬的聲音。

店鋪獨他一人把關，哪裡有第二個人？

峰哥鼓起勇氣，周圍找尋怪聲的來源。

「你欠我一部手機——！」

赫然，在那堆紙紮的東西裡面，果然有一雙手在找著東西。

峰哥嚇得不敢呼吸，只能呆呆的看著那雙手在翻找著甚麼。紙紮的東西都不值錢，峰哥也就任由他找。找了很久都找不到，於是向著自己的方向走了過來。

▲替先人做事，勿偷工減料，你做了多少，它們知道的......

峰哥終於看清楚了，只有一雙手，沒有頭顱和身軀，只有一雙手。

一雙手在空氣中飄來飄去——！

一雙佈滿了皺紋，沒有絲毫血色的手——！

峰哥嚇得跌坐在地上，結結巴巴地說：「我無害過你……你找我做甚麼？是否家屬燒唔夠祭品給你，你告知家人住在哪裡，我叫他們加碼，燒多D祭品給你……」

峰哥耳邊突然響起了一把凶巴巴的聲音：「你欠我一部手機，你欠我一部手機！」

小峰猛然醒起自己幹過的「好事」，他大聲說，「對不起，我錯了，我立刻給你重新做一個可摺疊的智能電話。立刻！立刻！」

請陰牌，遭鬼噬（上）

佛牌是泰國佛教獨特的聖物，據行內人士稱，佛牌有分「正牌」和「陰牌」。「正牌」是有泰國僧人親自加持，銷售所得的資金會用來建造佛廟等設施。「正牌」不會反噬，目的是造福信奉者；至於「陰牌」，據說是指由心術不正的法師利用死於非命的屍體來製成，傳言，當你將「陰牌」請回去，你暫時會很順利，其實是提前透支你未來的好運，透支完好運後，你就會開始折福折壽，甚至身邊的家人和朋友都會被連累，下場坎坷。

一位賣佛牌多年的店主老徐向筆者說了兩個真人真事，勸戒大眾要識別「正牌」和「陰牌」，勿以「陰牌」當玩意，隨時反遭鬼噬。

冒升得最快的小混混

Tony 是一個小混混，他由朝到晚都發夢自己能有一天成為社團大佬。為了讓自己更順風順水，在社團內的地位更鞏固，他在網上買了一個陰牌，希望藉著陰牌的威力，為自己排除萬難。果然，買了陰牌後，偷呃拐騙的壞事幹得十分順利，他亦好像坐直升機一樣，步步高陞，如魚得水，很多新丁都「哥」前「哥」後稱呼他。

Tony 豈會滿足於此？最近，他頻頻到訪佛牌店「幫襯」，這半年來一共花了十多萬元。這天，他攤開一幅香港地圖，指著一個全港最旺的區域，扯高氣揚起來，更信心滿滿地起誓:「佛牌呀，佛牌呀！如果我成為呢個區的大佬，我會對祢們早晚上香，供奉化妝品、香水、香煙、紅酒，總之一件都不會少！」

起誓之後，Tony 好像著了魔一樣，以「遇神殺神，遇佛殺佛」的氣勢震懾了很多古惑仔和多個「地盤」的小頭目，連社團大佬都邀約過他吃飯，表示很看好他，叫他俾心機，令 Tony 更得意忘形。

以前的黑社會講打講殺，Tony 則帶領社團「與時並進」，他放下屠刀，利用電話騙案或虛假的網上情緣，苦主們手上的幾千萬隨時手頭拿來，比以前「靠拳頭搵食」的年代更易賺錢。Tony 就是把握了這個「機遇」，為社團帶來很多可觀的收入。

忘記誓言的後果

Tony 今時已唔同往日，他何止是全港最旺區域的大佬？如今的他已一躍而成社團的第二把交椅，地位僅次於社團大佬。但他一招得志，亦開始語無倫次。對於當日向著陰牌許下的誓言，Tony 已忘記得一乾二淨。

陰牌豈容你「有事鍾無艷，無事夏迎春」？很快，Tony 感覺到不對勁。他平日要打理生意和應付各樣的應酬，精神和體力已消耗到九成九。但奇怪的是，他一回家，就好像獸性大發一樣，利用瘋狂的方式來解決自己的生理需要，情況有點自控不了，精神狀態也變得差了。

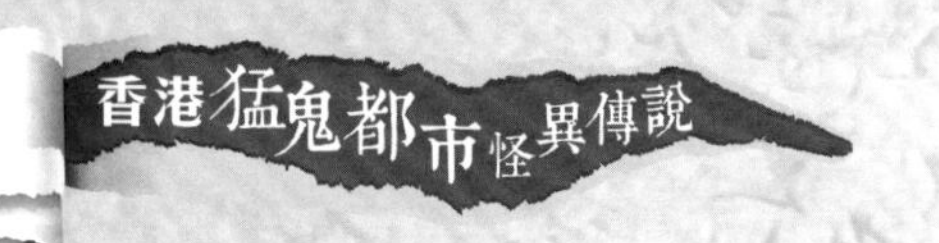

血跡淹浸佛牌

他曾經找過法科師傅問過，法科師傅一看就知道 Tony 有戴陰牌的習慣，而其中一個陰牌更藏著一個女鬼魂，相信是要吸取 Tony 的陽氣以增加法力，他有半個魂魄已被攝進了陰牌內，每晚都要藉著性交來與這佛牌同行，否則當魂魄不齊時便會有危險。加上，Tony 沒有履行誓言，供奉陰牌，他身上的一眾陰牌開始有反噬的行為。

法科師傅曾勸喻他除下所有陰牌，師傅可以藉著神靈的幫忙和法術的加持，解除陰牌在他身上的魔咒。

但 Tony 不聽勸告，「沒有陰牌的幫助，我咪打回原形？」

Tony 依然執迷不悟，他寧願幫襯佛牌店，購買更多陰牌，希望用更多力量去控制其他陰牌的「叛變」，雖然他有重新履行諾言，日夜供奉，但女鬼魂並沒有放過他，繼續每晚無盡的「苛索」。最終，Tony 在長年屢月精神困乏的情況下，在一次交通意外中當場死亡，大量鮮血從他體內溢出，淹浸著他身上的陰牌……

請陰牌，遭鬼噬（下）

上文提到，有傳「陰牌」是法師利用死於非命的屍體來製成，配戴者不但得不到真正的保護和祝福，隨時更遭反噬，下場堪虞。法科師傅區先生替不少客人驅鬼，他警告大家，「陰牌」非常邪門，是禁物，絕不能掂，否則後果是無人能承擔的。

古曼童動起來——！

阿 Dick 在朋友介紹下，開始接觸泰國陰牌這個「玩意」。他起初嚐到甜頭，在公司升職又加薪，更中過兩次六合彩的三獎。他得一想二，於是索求越來越多，但他不知道自己要付出的代價亦是越來越多，甚至連媽媽都發現了他情緒和身體都出現異樣。

阿 Dick 有一個妹妹 Peggy，事緣某晚，Peggy 聽到哥哥房內傳來一陣陣的嬉鬧聲，她以為是哥哥或是爸媽在聊天，但仔細聽，才發覺嘻笑聲夾雜著年紀很輕的女孩那種稚嫩的聲音。Peggy 悄悄地打開哥哥房門，默默地查看到底是甚麼情況。

「天啊！」Peggy 差點被眼前的情形嚇到尖叫，連忙用雙手摀著嘴巴。原來，她看見房內有好幾個古曼童竟然手舞足蹈的動起來。

Peggy 嚇得連忙爬回去房間，並立即鎖上房門，一邊發抖一邊躲到棉被裡，屏氣凝神地聽著外面的動靜。

不知道過了多久，「叩叩——」Peggy 的房門被人敲著，她假裝睡著，沒有回應。

「叩叩叩叩叩——」房門又被敲起來了。

「做咩唔開門？」哥哥的聲音出現在房門外，Peggy 聽到他的聲音愣了一下，心裡盤算著要不要上前打開門。

正當 Peggy 猶豫的時候，「砰砰砰砰——」、「喀啦喀啦喀啦——」房門被瘋狂地敲打著，門把也被瘋狂地扭轉著。

阿 Dick 平時和藹可親，擁有 DJ 的磁性聲線，絕少咆哮和怒罵。Peggy 直覺相信，門外叩門和瘋狂叫罵的人不是哥哥，而是恐怖的古曼童！！

第二天，她打開門，發現門把腐蝕又掉漆，若前一晚她真的開門，她會有甚麼下場？

她把事件告知媽媽，媽媽才恍然大悟，阿 Dick 身上一直戴著的是古曼童製成的陰牌！！

一發不可收拾

媽媽極力勸諫兒子不要再戴佛牌，但此時的他已經停不下來，身體逐漸地出問題，他卻沉迷其中無法自拔。過往的阿 Dick 是一個陽光男孩，但佛牌不僅收走了他的健康，還收走了他的歡笑。在他身上足足十多隻的怨靈、惡靈、凶靈，無時無刻都張起青面獠牙的盯著其他人。

向驅鬼師傅求救

媽媽別無他法，唯有找師傅幫手驅鬼。這天，區師傅到阿 Dick 屋企，一開始大家閒話家常，區師傅一邊往門邊灑下鹽巴與香灰的混合物，阿 Dick 臉上雖蘊含著笑意，卻在師傅靠近他的時候不自覺地往後倒退了幾步。

阿 Dick 終於忍不住地問了一句：「你在幹甚麼？」

「來治你的病。」區師傅笑咪咪的回答。

阿 Dick 聽罷，氣炸了肺，他驚慌失措地四圍亂竄。這群惡靈為了吸他陽氣，已經把阿 Dick 折磨得體無完膚，區師傅就在門口堵住他去路，然後馬上施法和唸咒。

阿 Dick 用一把非出自他本人的聲線咆哮著：「**這軀體是我們的，你不能趕走我們，他答應我們的！**」

「你們奪人靈魂，現在更想侵佔他人軀體，我絕不會手下留情。否則，不知道還有多少人會遭殃！」區師傅生氣地說。

「**憑你？！**」阿 Dick 繼續以一把非出自他本人的聲線怒吼著。

法科師傅合什及跺地，默默唸起咒語，再請神靈加持，與十多個惡靈搏鬥了一個晚上，終於成功全部收伏，並收入葫蘆法器中。

無力回天

區師傅嘆著氣，向阿 Dick 家人說：「靈體已被收伏，但阿 Dick 長期被靈體奪舍，已魂魄唔齊，即使蘇醒過來，他都會好像一個失智的老人一樣，無法認人，無法自理，餘生都要這樣癡癡呆呆……」

看著昏昏沉沉的阿 Dick，看著悽慘清苦的一家人，區師傅黯然離開了。

勿向「神靈」信口開河，要還的！

面對重大難關，人難免顯得軟弱。再強悍的人都會求神問卜，希望神靈可以指引明燈。但大家都要保持理智，不要見神就求，見廟就拜。有一些在路邊的小廟，神靈可能早已離開了，住在裡面的其實是孤魂野鬼，這些小廟俗稱「陰廟」。大家向「陰廟」有所祈求，他日要奉還的，而償還的，往往不是香燭衣紙咁簡單，而是人命！

人命，你還得起嗎？

求神後馬上心想事成

曾聽說一宗「拜陰廟喪命事件」，事主叫馬仔，他炒股票招致損手爛腳，欠下巨債，走投無路，無意間在路上見到一座「陰廟」，他向廟內的「神靈」起誓，若能度過難關，就甚麼都不計較了！結果，當天晚上馬仔就造了一個奇怪的夢，夢見一組號碼，醒後馬上記錄下來，號碼是「19、11、29、10、48、21」，第二天他立刻按此號碼去買六合彩，竟然一擊即中，中了頭獎五千多萬元。他用這筆錢不但還清了債務，還贖回層樓。

可是，驚喜過後，災禍已臨門！

獨生女的死亡日期

在 2019 年 11 月 29 日晚，本港發生一宗致命車禍，一名 21 歲少女偕好友「遊車河」期間，突然被一輛輕型貨車攔腰撞向車身，司機輕傷，但少女則當場死亡。此事故中不幸身亡的這個少女，正是馬仔的獨生女！

馬仔得知愛女的死訊後，傷痛欲絕，馬仔從警方得到消息後馬上趕往醫院，但愛女已經離世。他頓時悲痛萬分，隨後他又向警方了解具體車禍原因。警方隨後播放了車頭攝錄機影片給他看，他看著看著，突然大驚失色，他發現：車禍時間是 2019 年 11 月 29 日晚上 10 時 48 分，而女兒死亡當日正是她 21 歲生日。

原來，「19、11、29、10、48、21」既是六合彩中獎號碼，也是她女兒死亡的日期。

他一下子似乎明白了，這絕對不是巧合，原來他所得到的財富，是用自己女兒的命去做抵押的！

我死，都要佘來見我！

堂倌老陳任職十多年，見盡人世間的生離死別；但靈堂家屬與仇人血拼大混戰，先人執意報復洩憤，也是第一次遇上。

靈堂大混戰

「你這不要臉的人，還夠膽來——？！」

一個身型魁梧的中年男人衝上前，怒摑了年輕人幾巴掌，還把年輕人打到躺在地上。

一個年紀老邁的婆婆一瘸一拐地走近，一邊拉扯年輕男人的衣衫，一邊哭得聲撕力竭。她哇哇大哭，痛苦地喊道：「你來做乜！？你搞大我個孫女個肚之後……就走咗去！她傷心欲絕，跳樓……一屍兩命，現在你來殯儀館……做戲給人看嗎？」

一個中年少婦拿起摺櫈就轟過去，年輕人沒有還手，默默承受眾人的打罵。中年少婦更用腳踢了好幾下，大聲怒罵：「個傻女跳樓自殺之前，有 call 過你，你一直無出現。她仲傻到上去你屋企，點知你班仆 X 屋企人話我個女私生活唔檢點，亂咁認人做便宜老豆。如果唔係你同班仆 X 屋企人，傻女唔會走去自殺的！你還返個女給我啊——！你還返個女給我啊——！」

其他家屬也一擁而上，大家都恨不得把年輕人煎皮拆骨，再碎屍萬段。那個年輕男子仍然目無表情，不發一言，呆若木雞，好像中了「化骨棉掌」一樣軟癱在地上，任由血液在臉上流淌。

家屬痛毆負心漢

堂倌老陳負責維持秩序，不能再任由眾人指罵推撞。他連忙趕去拉開家屬，又苦苦相勸，安撫他們要好好控制情緒，勿讓先人走得唔安樂。家屬被拉開後良久，年輕男子終於有動作。他緩緩站起來，望著逝去的先人，即是他生前的女友，深深地鞠躬，然後找了一個位置跪了下來。他繼續不發一言，也沒有理會旁人的指指點點。

時間一點一滴地過去，朋友們陸續告別離去。差不多凌晨一點了，連先人的家屬都紛紛離開，大家都沒理睬過年輕人，對於這負心漢幹的「好事」，人人都嗤之以鼻，真係死十萬次都抵償不了，話之佢跪個天光吧！

年輕人猶如失去靈魂

轉眼間，靈堂只剩下年輕人，他仍默默地低著頭、握緊拳頭、跪在一旁。但這晚不會有家屬留下守夜，這位年輕人必須盡快離開。職員們向堂倌老陳打眼色，叫他快點勸退年輕人。堂倌老陳硬著頭皮走上前說：「先生，現在已經很晚了，你為甚麼還在這裡呢？是不是有甚麼需要幫忙？」

就這樣問了三四次，年輕人並沒有回答。

堂倌老陳覺得他好像有點神志不清，但總不能不管，於是又問：「先生，明天就是先人的大殮之期，要不你明天早上再過來，好嗎？」年輕人依然不作回答，仍默默地跪著。

枉死先人的執念

堂倌老陳拿他沒法，正躊躇著如何是好之際，一位道丈朋友剛好經過。他前一晚剛主持完另一位先人的破地獄儀式，忙到這個時候才離開。老陳好像看見救星一樣，馬上向他招手，示意他快點過來救命。

堂倌老陳嘆道：「徐師傅，你平日的工作經常要了卻先人心願，開解先人家屬。現在你來勸一勸這位年輕人吧，他可能是愧對死去的女友，現在長跪著，怎也不願離開靈堂啊！」

徐師傅望一下年輕人，見他雙目空洞，烏雲蓋頂，陰氣纏擾。謎題已解開了，其實年輕人的靈魂被佔據著，不是年輕人不願離去，是逝去的女先人不願他離去，基於她生前的執念，死都要男朋友來見她，要向她認錯、贖罪。

懷著這份執念，女死者是無法輪迴轉世的，她最終會變成孤魂野鬼，下場悲慘的。

徐師傅閉起雙眼，口中唸唸有詞，並向女先人進行通靈。幸好女先人願受點化，放過負心漢；而年輕人喝過徐師傅的符水後，也清醒過來。他發現自己竟身處靈堂，頓時嚇得一身冷汗。徐師傅厲聲告誡這位年輕人，玩弄感情如同利刀傷人，若傷及性命，孽障是他餘生也還不了。

奪命的詛咒

Allen 是一個在尖沙嘴上班的普通文員，但她總受到同事的排斥。

Allen 已經入職一年，不過還是完全融入不了這個公司，她與同事甚少有話題。所以公司有任何的活動也不會叫上她，例如這次水上派對同樣也沒有叫她。

當天 Allen 打開社交媒體，看到同事 June 和其他同事在水上派對的合影才發現公司今天有活動，不過同事又沒邀請自己，她非常氣憤的說：「有冇搞錯又唔叫我，鬼唔望你哋全部去死啦！」

天降橫禍

翌日早上 Allen 一邊吃早餐，一邊看早晨新聞。裡面的報導員說：「昨天在昂坪洲有船隻失事，船上人員全部遇難，警方正在調查船隻失事原因……」Allen 不以為意並回到公司，但回到公司後發現有許多同事還沒有上班，只剩下空蕩蕩的座位。Allen 心裡暗暗說道：「平時佢哋唔會遲到㗎，又冇打風又冇落雨，點解今日咁多人遲到嘅？」這時清潔工 Abby 經過，便哭着跟 Allen 說：「佢哋琴日全部都失事死哂，都話唔好玩水㗎喇……」Allen 聽到這個消息有點震驚，清潔工 Abby 所說的正是今早報導的那單新聞，即是說公司的同事都因船隻失事而殉難了。

冤魂索命

聽到此消息後，Allen 打算到廁所洗臉冷靜一下，她一邊用冷水洗臉一邊說道：「好彩你哋冇叫埋我，我唔想同你哋一齊死呀！」

她一抬頭，通過玻璃反射看見死去的同事滿身是水及臉露微笑的向她揮手。他們靠在 Allen 的耳邊陰聲細氣地說：「你咪好想同我哋一齊玩嘅，依家可以一齊玩啦！！！」被嚇破膽的 Allen 打算衝出洗手間，但竟發現門打不開。此時死去的同事正一步步走向 Allen，Allen 拼命呼喊也無補於事。死去的同事一手抓著 Allen 的脖子並把她推高到牆上，Allen 被按在牆上，根本喘不到氣，不到一會她就暈了。清潔工 Abby 聽到廁所裡傳來巨響，她推開廁所的門，看見倒在地上奄奄一息的 Allen，Abby 立即報警並把她送到醫院……

回魂顯靈篇

有人慘遭飛來橫禍，死於非命，死時仍有心事未了。它們懷著心結，是無法投胎轉世的，只能在塵世間做孤魂野鬼，苟延殘存。你撞到它們，不是你的錯，只是它們咁啱路過；或者他們真的有求於你，顯靈在你面前！

滴血的天花板

爸爸是一個手錶零件製造商，工廈單位塞滿手錶的各樣部件。每次業主加租，他都要頭痛找寫字樓，而有閣樓的單位一直是他的心水選擇，原因是他可以在閣樓擺貨，變相一間變兩間，單位更加實用。但自從兩年前的嚇人經歷，令他對閣樓蒙上很大陰影！

閣樓漏水擾清夢

事緣於某月，爸爸接到一張大訂單，他和一班工友忙於為手錶做加工。工友下班後，爸爸仍然繼續留守，希望加快起貨工序。做到半夜，爸爸實在累極，於是隨便攤一張紙皮，就席地而睡。

就在此時，一襲冰涼的感覺在臉上出現，應該是閣樓漏水滴在爸爸的臉上。他不以為意，用手潑弄一下又繼續睡。但水點一滴一滴地打在爸爸臉上，非常煩擾，他生氣地跳起來，亮著燈，然後走上閣樓查看，奇怪！閣樓擺放著的，全是手錶零件，沒有濕貨；加上閣樓所在的位置，沒有水管經過，何來有水滴？

遍尋不見漏水源頭後，爸爸繼續去睡覺。

驚見有血水滴出

闔上眼不久，水點又一滴一滴再度打在爸爸臉上，他用手一抹，張眼一看，馬上嚇得驚叫起來。手指沾上的，不是透明的水點，而是紅色的不明液體。

就在此時，旁邊撲出一張人臉，臉色蒼白，神情哀傷，一步步向著他迫來。那人脖子有一道血痕，好像是被刀子所傷。他——慢慢爬到爸爸身上，尖叫一聲，爸爸從夢中驚醒。他擦去頭上的汗水，定一定神。噢，原來是造夢，一定是剛才看了超媒體出版的鬼書，日有所思，夜有所夢吧！以後夜晚都是少看鬼書為妙。

爸爸看看牆上的鐘，原來已清晨六點了。

緊張的貨期，已驅走了惡夢的恐懼感。他趕緊起來，展開新一天的工作，繼續為訂單趕工。

忙碌不知時日過，轉眼間又來到夜晚，員工紛紛下班去，爸爸仍然繼續留守。

做到半夜，爸爸又跟之前一樣，隨便攤一張紙皮，席地而睡。

一闔上眼，水點又一滴一滴再度打在爸爸臉上，他用手一抹，張眼一看，是血水——！他尖叫一聲，又從夢中驚醒。

爸爸入廁所洗一洗臉，再度入睡，但血水打臉的夢景又再度出現。如是者，一個月下來每晚都發著同一個惡夢。

閣樓的異物

「難道閣樓有甚麼奇怪東西，是先人報夢叫你去查看一下？」朋友阿江聽完爸爸一個月來的奇異經歷後，不禁一問。

「閣樓一眼睇哂，都是我擺放的貨品，沒有奇怪的東西啊！」爸爸托著腮子，一臉倦容地回答。

「不如我同你一齊去睇睇吧。」朋友阿江提議道。

於是，兩人吃完早餐後，阿江跟爸爸來到工廈單位，並到閣樓地氈式查看。

爸爸把零件貨品逐箱搬開，給阿江一一查看，確實並無異樣。來到角落處，阿江見到有一根石柱，凝望了一會，然後問：「閣樓不能太受力，只供人放一些輕便的雜物，何解會在閣樓築起一條石柱？」

「我搬入來已有，它都幾阻位，我在閣樓搬動雜物時，冷不防都會給它撞傷。」爸爸說。

「喂，這條石柱有古怪啊！早幾年荃灣一棟工廈發生水泥藏屍案，凶手把受害者殺死後，埋在水泥裡，他們以為水泥變石屎，屍體就永遠不會被發現......」

阿江話未說完，爸爸已鐵青著臉，驚叫道：「唔係咁邪吧！你講緊呢條石柱裡面可能有屍體？」

▲埋在牆身的屍骨終於重見天日，這時，租客才赫然發現自己與鬼同住了那麼多年 ......

爸爸對阿江的揣測，實在不敢相信。

夢境變本加厲

爸爸沒有理會阿江的說法，甚麼也沒做，繼續如常工作。

但惡夢繼續纏擾著他，最近，情況更變本加厲。

現在，他在夢中不止見到血水滴下來，更清晰地夢見到，血水是從閣樓的石柱滲出來。

石柱滲血的夢境又纏擾了他個多月，爸爸終於「投降」，不得不認同阿江的說法。一天，兩人合力用鎚子破開石柱。

果然，裡面藏著一具被水泥嚴重腐蝕的屍體！

警方接手調查，發現死者是業主的弟弟，兄弟因業權問題發生爭執，最終釀成血案。殺弟的兄長以為把屍體藏在石屎就可以瞞天過海，但死唔甘心的弟弟透過顯靈，最終令事件沉冤得雪。

水鬼滿街

這天，公司同事 Zoe 結婚，David 率領部門同事一行四人赴宴。婚宴地點在元朗，David 很周到，全程管接管送。

「多謝哂，接我們入來飲，又接我們出返去。」一眾同事紛紛向 David 道謝。

「別客氣，大家同事嘛！況且，大埔滘啊！地點咁隔涉，夜媽媽很難搭車的。」David 一邊回答，一邊小心翼翼地駕駛，畢竟已是晚上十一點，街燈數量有限，視野不太清晰，馬路危機處處，真的要小心為上。

突然急剎車

突然，一陣急速的剎車聲，驚醒了車上的同事們；加上猛力剎車的過程，都令車上的人不受控地向前倒，幸好大家都扣好安全帶，否則隨時被拋出車外。

「甚麼事！甚麼事！是否撞車了？」同事們都很慌張。

「Sor...Sor...Sor...無撞車！無撞車！我緊急剎車而已，無撞車，嚇親大家！ Sor...Sor...Sor...」

David 自己也嚇得驚魂未定。

「咩事咁急剎車？」坐在後座的同事 Johnson 急問。

「頭先……剛才一群人突然衝出馬路，並向我架車湧過來，我怕撞親他們，所以急剎車。」David 把車子停下來，扭開樽蓋喝口水後，把剛才的情景娓娓道出。

「一群人？無喎，我一直望住你駕車，畢竟天黑黑駕車也危險，所以我全程都打醒十二分精神，幫下眼一齊睇清楚路面環境。我無見過你所講的一群人啊。你是否太疲累啊？不如由我駕車啦！」Johnson 懷疑 David 剛才偷偷喝點酒，所以精神欠佳。

David 確實看見一群人衝過來，他想作出反駁，但 Johnson 很堅持，就讓出司機位。

廁所迫爆「人」

Johnson 坐上司機位，氣氛又回復平靜了。

「啊……Johnson，Sor…Sor…Sor… 可否在前面停一停，我……人有三急，上去放低幾兩。」David 尷尬地說。

Johnson 瞄到前面有個公廁，於是把車停下來。David 馬上奪門而出，直向公廁衝過去。

「David 搞咩鬼？他不是人有三急嗎？做乜到了公廁都唔入去，在外面踱來踱去？」坐在後座的另一個同事 Patrick 不解地問。

Johnson 顯得不耐煩，他打開車門，向 David 方向走去，想了解究竟。

「David，唔係好急咩？做乜有廁所唔去？」Johnson 大力拍了一下 David。

膊頭被重重拍了一下，David 好像從夢中驚醒一樣。

看著眼前空無一人的廁所，David 摸不著頭腦，說：「人呢？

剛才……廁所企滿人，我都覺得奇怪，為何三更半夜會有這麼多人去廁所，再望一眼就發現，這些人全部都臉色蒼白，有些人雙眼更是只得兩個黑洞，嚇得我瀨尿啊，一褲都係，但想走又走唔郁！」

又話一團人衝出馬路，

又話一團人迫在廁所裡，

見 David 神情如此迷惑，不似在撒謊，十成十撞鬼吧！

Johnson 當無事發生，然後大聲地說，「咁……咁你宜家行得郁啦，疴完啦，疴完就走啦！夜啦，唔好打擾人家啦！」

Johnson 這番話，表面上對著 David 說，實則是向靈界的朋友說，意思是初到貴境，無意冒犯，有怪莫怪啊！

話說，大埔松仔園鄰近大埔公路的大埔滘段十四咪半的猛鬼橋，在 1955 年 8 月發生一宗慘劇。意外當日，洪水暴發沖走學童，造成大量傷亡。自此之後，靈異故事多不勝數。

欠他一碗雲吞麵

徐伯身體機能嚴重退化，只能靠「吊鹽水」注射營養液來維持生命。人生真諷刺，徐伯家財萬貫，位列富豪榜百強之一，一生享盡榮華，臨終前醫護人員阿輝問他有甚麼心願，他甚麼都不要，只想要一碗尋常百姓家手打的一碗雲吞麵。

臨終前的心願

「徐伯，我現在去慈雲山買您至愛的手打雲吞麵，您要等我啊！」徐伯聽到阿輝這樣說，臉如死灰的表情馬上綻出甜蜜的笑容，還跟阿輝勾手指尾。

阿輝甫出醫院之際，收到女友的來電。

「阿輝，您夠鐘收工了，記得早D過來屋企替我整電腦啊，我要交 Paper 㗎！」女友 Daisy 致電來催促。

阿輝才猛然醒起與女友的約會。

「我要替個病人買雲吞麵……要遲……」阿輝話未說完，Daisy 扯高嗓子大呼小叫：「你——咪——講——大——話——！你上次話幫阿婆買雞仔餅，後尾我踢爆咗你啦，你其實去咗踢波！」

「今次真㗎——！發誓，今次無呃你，醫生估計個病人呢幾日就會過身，我宜家唔買，無機會買。我要完成佢心願。」阿輝堅定地說。

「我唔理你——！你宜家搭小巴來我屋企，最多 30 分鐘，

30 分鐘內唔見人，我就死俾你睇，到時我死咗，你再來替我整機，完成我未了的心願，好未？」Daisy 又來這招，她要求男友隨傳隨到，每次阿輝唔聽指示，她就會以死來威脅，總之迫到阿輝就範為止。

阿輝被罵得垂頭喪氣，心想：「何醫生話徐伯這幾天會過身，即是今天未必死得。今晚替 Daisy 整機，她實乘機留我過夜；明天中午才買雲吞麵給徐伯，應該還來得及。」

於是，兩者取捨之下，阿輝選擇去找 Daisy。

死神降臨了！

第二天阿輝如常當值，到有空去探望徐伯時，剛巧遇上徐伯被群醫急救的場面。

經過一輪急救，醫生報告：「死亡時間，下午 5:55。」

阿輝呆立當場。

阿輝原本打算先去探一下徐伯，然後走去慈雲山買雲吞麵。豈料……

「如果昨晚我無去找 Daisy，直接去買雲吞麵；又或者如果我今朝無賴床，返工前去買，就一定來得及。」很多個「如果」在阿輝腦裡面盤旋著。可惜世事無如果……

「雲吞麵好吃嗎……？」

阿輝心裡很不舒服，只好硬著頭皮，就當一切如常。他如常繼續當值，如常與人談笑風生，但心裡這條刺一直沒有消失。

如是者，過了一個月。

一晚，阿輝父親上廁所的時候，發現兒子倒在地上，像癲癇病發作一樣，父親怕他咬斷舌頭，連忙用鞋塞住他的嘴並打電話叫救護車。醫護人員在他嘴裡掏出一顆雲吞，初步估計他進食時食物卡在喉嚨，導致呼吸困難。

同事們趕到醫院探望阿輝，並問阿輝發生甚麼事。

阿輝說：「我也不知道，那天我半夜口渴，準備到雪櫃拿汽水喝，突然聽到後面有把男人的聲音問我，雲吞麵好不好吃？我往後看，甚麼都沒有，以後的事我就甚麼都不知道了。」

「雲吞麵？？」阿輝自己說完，都馬上頭皮發麻。

今次自己無故入院，是否跟自己爽約、無替徐伯買雲吞麵有關？

阿輝越想越嚇得一身雞皮疙瘩，出院後，他馬上聯絡徐伯家人，找到徐伯的靈位後，誠心上香並送上一碗熱騰騰的慈雲山手打雲吞麵。

應承了人的事，真的不要當食生菜；尤其是臨終的病人......

幽靈的糖果

黃先生育有一名6歲的兒子Jerry，為免兒子變成嬌生慣養和自理能力低的「港孩」，他要求Jerry分擔家務，包括把屋企垃圾拿到走廊盡頭的收集箱裡。Jerry覺得倒垃圾很污糟，不太願意做，每晚都要黃先生三催四請才不情不願地去完成任務。但最近，Jerry離奇地變得很熱衷，每晚垃圾箱一載滿廚餘，他就一個箭步走去包好，然後主動走出屋外傾倒。

黃父見Jerry對做家務由抗拒到主動參與，非常安慰；但每次見Jerry回來時腮子脹鼓鼓的，聽得出是吮糖的口水聲，都曾疑惑過：「屋企從來不放糖果等零食的，究竟他在吮甚麼，吮得如此津津有味？」

突然熱愛做家務

轉眼間，一星期過去了，Jerry每晚主動提出倒垃圾，然後歸家時都在吮東西。黃父終於忍不住問：「阿仔，你在吃甚麼？剛才你外出時，口裡沒有含著東西的。」

「我在吃糖。」天真無邪的Jerry不加思索地坦白回答。

「糖？哪來的糖？屋企從來沒有放置糖果的。」黃父不解地問。

「隔離屋的彩虹姨姨……」Jerry一邊吮著糖汁，一邊回答。

「彩虹姨姨？點解你叫佢彩虹姨姨？」黃父越來越好奇。

「她每次出現，身邊都包著七彩顏色的衝擊波——好像卡通片的衝擊波，因為七彩顏色，所以我叫她『彩虹姨姨』。」Jerry 形容時手舞足蹈。

「她送糖給你吃？」黃父問。

Jerry 點頭稱是。

黃父吩咐兒子帶他去探望這個鄰居，一來想答謝這位彩虹姨姨，二來想請她不要再送糖，畢竟糖果多吃無益。

上個月已死亡

兒子拉著父親的手，走到彩虹姨姨的家門前。

黃父一看，馬上眼前一黑。

「Jer……Jerry，你咪嚇爸爸，『彩虹姨姨』怎會住在這裡！？」黃父嚇得面如死灰。

「是這裡啊，1302 室嘛，『彩虹姨姨』就是住在這裡，我每晚倒垃圾時經過這裡，她都每晚伸個頭出來，然後送糖果給我吃。」Jerry 說得不遲疑，不像在騙人。

黃父聽得雞皮疙瘩起來，氣急敗壞地把兒子拉回自己屋企，然後把事件告知太太。黃母聽完，差點嚇得昏死過去，結結巴巴地道：「1302 室？1302 室的女人吸毒過量，早在上個月……上個月已死在屋裡啦！個女人無親無故，只有我們同層鄰居入去拜祭過……」

此時，黃母好像想起甚麼，眼睛張得更大：「拜祭的祭品裡面有糖，唔係阿仔宜家食緊的糖吧？！」

「彩虹姨姨請吃糖……」

「Daddy Mummy，這是『彩虹姨姨』給我吃。」Jerry 攤開手掌，掌心是一個撕開的糖果包裝紙。兩夫妻瞪著 Jerry 手上的白兔糖糖紙，沒開冷氣的單位氣溫瞬間降至零下四度。當日拜祭女死者的祭品，就是這——款——白——兔——糖！是黃母當日專程買來拜祭用的！

黃母驚叫了一聲，立刻掐著 Jerry 的的嘴巴，聲嘶力竭地喊道：「**吐出來、吐出來！馬上吐出來！！**」

吃骨灰

Susan 是我的舊同學，她是眾人眼中的幸福少女。她家境富裕，又有一對很愛錫她的父母，家庭又融洽。Susan 畢業後，很快結識到一位金融財俊 Joe，然後過著少奶奶的生活。他倆育有一個兒子，兒子俊俊八歲時被判斷為資優生，年年考試名列前茅，鋼琴小提琴游泳朗誦唱歌樣樣精。

頓成孤兒寡婦

一家三口的美滿生活簡直羨煞旁人，上天總愛作弄世人，就在此時偏要天降橫禍，司機酒後駕駛釀成的交通意外，奪去了 Joe 的性命，令 Susan 如天堂般的人生瞬間墮進地獄，兩母子頓成孤兒寡婦。看著 Susan 日漸消瘦，我們一班舊同事非常痛心。

這天，我和 Mary 拿了一袋童裝衫和玩具探望 Susan。

「Sally 姨姨，Mary 姨姨。」俊俊打開門，看見我們捧著一袋二袋禮物，興奮得彈跳起來。

俊俊搶過禮物，然後跑進房裡面，大聲道：「媽媽，Sally 姨姨和 Mary 姨姨來了，你睇，很大份禮物啊！」

隱約聽到房裡傳出幾下咳聲，然後一個骨瘦如柴的 Susan 步履蹣跚地走出來。

我和 Mary 見狀，鼻子一酸，馬上走過去攙扶著。

「Susan，您怎樣啊，是不是生病了？」Mary 硬咽著說。

Susan 沒有回答，只管揉揉眼睛，用手去梳順頭髮。

「爸爸叫你多做運動，不要老是睡在床上。」俊俊一邊玩著新玩具火車，一邊叫道。

「知道了。」Susan 終於開腔回答。

剛才兩母子的對話有點靈異，或許兒子太掛念爸爸了，所以沒有再深究下去。

回魂伴子？

「俊俊，姨姨上星期買了個模型給你，有沒有砌過？」Mary 用小朋友的聲線跟俊俊談天。

「有啊，爸爸幫我砌好了！」俊俊一個箭步直奔房間，小心翼翼把火箭模型端出來，續說：「爸爸替我砌模型，我負責把貼紙貼上去，姨姨，你看美不美？」

Mary 和我互相對視了一眼，臉上瞬間寫滿了駭然的神色，大家不約而同地嘀咕：「Joe 已逝世了三個月，上星期怎能和俊俊砌模型？」

Susan 卻顯得若無其事，她還叮囑兒子要小心保存模型，不要摔爛。

誰煎的牛扒

突然，俊俊好像記起了甚麼似的，抬頭向母親說：「爸爸煮好了牛扒，我剛才吃了；但媽媽你剛才睡覺了，所以還未吃。」

爸爸——煮——了——牛——扒？！

Susan 仍舊顯得若無其事，走進廚房把牛扒端了出來。

甫坐下，Susan 在牛扒上灑了很多好像胡椒粉的粉末。

「Susan，別下太多調味粉，不健康啊！」我忍不住勸道。

「不是調味粉，**是 Joe 的骨灰**。」Susan 說時語調輕鬆，好像在閒話家常一樣。

我和 Mary 瞪圓了眼珠，每一根神經都被拉緊。

「吃了爸爸的骨灰，他就可以天天來陪我和媽媽。」俊俊說完，天真地笑了，笑得令人神傷。

死不分離

「Susan，你和兒子每天吃著 Joe 的骨灰，就是想他留下來陪你們？」我戰戰兢兢地問。

「Joe 也不捨得我們，吃了骨灰，我們三口子可以繼續在一起，永不分離。」Susan 淒然地苦笑一下。

「傻妹，Joe 無法離開人世，就無法投胎。你忍心嗎？」Mary 撫摸了 Susan 一下，好言相勸。

「不如我們請法師幫手，替 Joe 超渡，讓他早日投……」我話音剛落，Susan 已怒睥著我，厲聲地道：「我見大家老朋友，才坦白告知。你們敢動阿 Joe 一條頭髮，我死都唔會放過你們！」

說完，Susan 狠狠地把我和 Mary 趕出門外。

找法科師傅救亡

被 Susan 趕走後，我和 Mary 急急找了一位相熟的法科師傅，把剛才的經歷一五一十相告。

師傅表示，丈夫亡魂離不開，不斷吸食妻子陽氣，精神會越來越差；接著兒子也會一同糟殃。

「但夾硬分開他們，Susan 真的會以死相迫的，到時會搞出人命啊！」Mary 說得憂心忡忡。

「人和鬼一樣，都是聽道理的。我會隔空與 Joe 談判，向他陳述利弊，讓他明白離開比留下來更好。若 Joe 肯自動退出，Susan 又有你們一班好朋友陪伴，她和仔仔很快可以回復正常生活。」

鏡子幽靈

「我唔鍾意彈琴，點解一定要我學，嗚……我寧願要十級肺癆嗚……都唔要十級鋼琴呀，你明唔明啊……？！我要跳拉丁舞，你話唔正經。根本是你覺得影衰你音樂博士的身份！」惠芬一邊說，一邊哭得聲嘶力竭。

看著女兒哭得死去活來，陳媽媽沒有憐憫，更「啪」了一聲打了女兒一記耳光。

惠芬衝出家門，在馬路上胡亂地奔跑。

離——家——出——走，是惠芬當下的念頭，但身無分文，一個初中生她可以走去哪裡？

她迷迷糊糊來到熟悉的地方—學校。看看手錶，傍晚六點正，學校還未關門，惠芬來到她至愛的舞蹈室，手腳不停跟隨著腦海中的音樂搖擺，最後用一個一字馬作結尾動作。

很自由啊，在舞蹈的世界，她自由奔放，無拘無束。她希望永遠停留在這個無人干擾的時空裡……最終，她選擇了一條錯誤的不歸路。

一到晚上，就有幽靈出沒……

惠芬事件之後，學校的舞蹈室有個靈異傳聞，只要一到晚上，就有幽靈出沒……

新來的英語外籍老師Daisy不信鬼神，她認為，鬼神是亞洲人編出來嚇唬人的技倆。同事們都紛紛勸喻Daisy不要在舞蹈室待太久，但 Daisy 沒有把忠告聽進耳裡。

做靈體實驗

Daisy 老師超討厭這些怪力亂神的傳聞，覺得根本是無稽之談，很想證實「舞蹈室沒有鬼」。於是，某天放學後她獨自留在舞蹈室留到深夜十一點，期間她不斷玩自拍，又在鏡前跳舞。她重看自己拍攝的影片，非常滿意；亦更加滿意自己減肥後的身材，跳舞時四肢修長，份外好看。

翌日，Daisy 老師把愉快的經歷告知同事們，又播片給大家看。「大家來看看吧，舞蹈室根本沒有鬼，我玩了一晚自拍，又在鏡前跳舞，很自得其樂呢！」

一個個臉色慘白地走開

同事們原本興致勃勃地圍在一起看手機畫面，不出半分鐘，一個個都臉色慘白地悄悄走開了。他們大部分都咬著唇，不發一言地離開；只有楊老師一個不忍心，繼續留下來陪 Daisy。

Daisy 老師自己也嚇得目瞪口呆，說：「這段影片我昨晚看了十幾遍了，越看越喜歡，怎麼……畫面變成滿佈雪花，我跳舞時，後面……後面，你看，仲有個女孩子跟我一齊跳舞？她是誰？她是誰？」

楊老師仔細觀看後也嚇得不能言語。

有入無出

Mandy 考完文憑試，正在等七月尾「大學聯招」放榜結果。與其等待「判刑」，不如趁這個空檔期找份兼職賺點外快。剛好一間烤雞餐廳聘請店務員，地點就在屋企樓下，一落街就返到工，簡直方便到極點，Mandy 二話不說，馬上應徵。面試過程亦相當順利，翌日可上班。

記得不要借廁所

「Mandy，你今天第一天上班，有件事要提提你，餐廳的廁所是職員專用的，一律不准外借！」經理嚴肅地下著指令。

「餐廳內食客都不准用？」Mandy 不解地問。

「對，一律拒絕外借。否則，後——果——自——負——！」後面四個字，經理說時語氣特別重。

「有咩……後果啊？」Mandy 不懂睇人眉頭眼額，繼續好奇地問。

「……呀，後果……呸，你咁都要問！？廁所越多人用，越骯髒，你係咪好享受洗廁所，清潔人家的大小二便？」經理好像害怕說穿了甚麼似的，開始不耐煩地罵道。

Mandy 見經理眉頭緊皺，鐵青著臉，終於識趣地收聲，不敢再問下去。

不速之客

某晚九時半，餐廳準備打烊。經理有事要早走，收檔工作交給阿輝和 Mandy 處理。

同事阿輝在清潔爐具，Mandy 則在樓面整理椅桌及抹枱。快將收工，大家都歸心似箭，動作份外明快。「真好，今天總算順順利利。拉閘後，就可以回家煲美劇，哈——！」Mandy 想到此處，開心得彈跳起來。

「我想借用一下洗手間。」不知哪個時候，一名女士出現在店鋪面前，低著頭，並幽幽地道。她長髮及腰，衣著土氣，有點時光倒流五十年一樣。

阿輝先是微微震了一下，然後很快回復鎮定，說：「不好意思，我們無廁所。」

女士仍舊低著頭，但揚起手臂，指著店內廁所的方向，說：「這裡明明是廁所。」

阿輝一時語窒，但馬上作出了回應：「我們無……外借的廁所，這個是我們職員用的。」

女士繼續低著頭，開始痛苦地喘氣：「我很急……急」。

在旁的 Mandy 好像感同身受，便走出來解圍：「小姐，你快D用啦，我們收工了。」

女士聽完，飛快地衝進廁所。

阿輝馬上怒睥著 Mandy，罵道：「你想死呀，經理不准我們借廁所的。」

「你唔講，鬼知咩？個小姐好痛苦咁，借她去一去，很快啫。」Mandy 反駁道。

良久沒有動靜

阿輝和 Mandy 閒著無聊地坐在椅上，他們不約而同地凝望著廁所的方向，很想聽到咔嚓的開門聲，但過了十五分鐘，仍舊無動靜。

「那位客人還未出來呀，但她已經在廁所內幾個字了，不會有甚麼事吧？」Mandy 擔心地問。

「她……不會暈了吧？」阿輝瞪大雙眼地問。

二人你眼望我眼，默不作聲，然後來到廁所門外。

阿輝示意 Mandy 敲門問問，雖然 Mandy 不太情願，但始終這位女客人是自己放進來，無得迴避，唯有硬著頭皮，以緊張得帶點抖震的手敲了數下廁所門。

「小姐？你沒事嗎？需要幫忙嗎？」Mandy 問道。

沒有回應。

Mandy 鼓起勇氣，再問了幾次。

▲女人走進廁所後，有入無出，不知所蹤，究竟她是人？是鬼？

仍舊沒有回應。

「真的暈了在裡面啊！」阿輝雙眼瞪得更大。

「小姐？小姐？你沒事嗎？我們……我們要進來啦！」阿輝和 Mandy 神情慌張，一齊大力地拍門。

客人有入無出

「拿鎖匙來開門啦！」Mandy 一邊說，一邊拉開阿輝。

阿輝把鎖匙插進匙孔，硬着頭皮去扭開門鎖。

內裡，空無一人。

空氣突然靜了，阿輝和 Mandy 兩個人都不敢作聲，此刻只剩下兩人的心跳聲。

兩人明明坐在廁所門外等了良久，若有人出來，無理由沒發覺的。除非……

靈度空間

阿 Nick 是一名新紮師兄，他萬萬想不到，在他剛入職當差的第一天就碰上了「大單嘢」！

「在山東街 XX 工廠大廈 4 樓 402 室有一名女子報警，請附近警員前往協助調查......」聲音從對講機裡傳出。

「總台 calling，警員 PC9442 正前往現場......」阿 Nick 回覆道。

與他一起「行咇」的還有老油條南哥，那晚他們在山東街附近吃宵夜，剛好他們在山東街附近，所以阿 Nick 便回覆了總台，並前往調查。南哥立即說道：「你自己去先啦！我食完個宵夜先過去搵你......」於是阿 Nick 便獨自一人出發了。

死人打電話？

該工廈的電梯都關閉了，阿 Nick 只好走樓梯到 4 樓，到達 4 樓後，看見了 402 室，他發現 402 室門是虛掩的，裡面沒有開燈，烏燈黑火的。他開始警惕了起來，做好了拔槍的動作。

到達門前，他問了句：「係咪有人報警？」但沒有人回覆，他檢查了燈的開關，是壞的，燈根本打不開。阿 Nick 只好打開手電筒作照明，繼續往裡面推進，裡面有很多的紙皮箱，紙皮箱堆積的高度已經高過他，紙皮箱的最尾裡有一間房，他慢慢地打開了該房門，房門的背後居然藏著一具女屍，屍身開始腐爛，似死去多日，她雙手雙腳被膠紙捆綁在椅子上，身上所有衣物被人脫去，她全部牙齒被剝去，滿身都是傷痕，甚至地上還有已乾透的血漬。她大腿上放了一部手機，手機介面停留在電話記錄的那一頁，電話記錄的第一項就是 999，打出時間是 15 分鐘前，究竟她是如何撥通電話的？阿 Nick 的後方突然「砰」的一聲，有一個紙皮箱掉落在地，當他再回頭的時候，那具女屍已經不見了。

「阿 Nick 你喺邊度？我都喺 402，不過呢度咩都冇……」南哥的聲音從對講機裡傳出。

死者講鬼故

馬麗在電台主持鬼故直播節目，其中「聽眾講鬼故」環節非常受歡迎。每晚都有很多來電，簡直應接不暇。馬麗自從八年前一次經歷之後，她有戴靈符的習慣，用以辟邪護體。究竟馬麗遇到甚麼經歷？

遭逢不測

八年前有一晚九點半，「聽眾講鬼故」環節開始。馬麗如常接聽聽眾電話，聆聽他們的鬼故，每晚她都會在來電者當中選出個「鬼故至尊」，然後送出禮品。這晚她接到一個女士來電，她報稱王小姐。

「王小姐，你好。你有甚麼恐怖經歷想和大家分享？」

王小姐：「今天，因為我家人全部出外旅行，只有我一個人在家。我自己煮飯食完後，就打掃家居和清理廚餘，我將垃圾丟出去後樓梯，好待工作人員清理。我倒完垃圾之後，突然有一雙手從後抱住我，我嘗試掙脫，但他的氣力比我大許多，他捂住我的嘴巴，不給我任何發聲求救的機會。過了一會，他索性打暈我，當我再次醒來，那個男人已不見了，而我發現自己已被……強姦了……」說完，一陣哭泣聲傳出來。

主持人馬麗一時語窒，心想：「我是主持鬼故節目，為何有聽眾打電話來傾心事？她應該致電報警，而不是致電來講鬼故吧！」

這番心聲只能吞進肚裡，主持人馬麗唯有急忙安慰：「我很同情你的遭遇，不過，你不應該致電來……」

王小姐未等主持人說完，已搶著說：「故事還未說完，遭遇不幸後，我一時看不開，往天台跳了下去。」

馬麗驚呼了一聲，說：「王小姐，該死的是強姦你的衰人，而不是你。你死咗，那些衰人咪可以無法無天囉！幸好，天台跳下去都執返條命，是上天俾機會你重生，你要好好珍惜生命啊！」

「太遲了。我跌進樓下一個垃圾箱裡，頭先著地，已——當——場——死——亡——。」王小姐以低沉的聲線道出自己的不幸。

死後呼寃？

時間如靜止的空氣，四周頓然一片死寂。

馬麗嚇呆了，已無法言語。

在控制室的助手 Tracy 見勢色不對，馬上播放音樂，並慌忙地匆匆掛線。

音樂播放期間，Tracy 安慰著說：「個女仔開玩笑啫，如果她已經死咗，又怎能致電往電台呢？」馬麗想了一想，又覺得 Tracy 的話很有道理，於是大笑了一聲，還取笑自己太愚蠢，大驚小怪。音樂播放完畢後，馬麗繼續主持節目，這晚亦有驚無險地完結。翌日多份報章均有報導，昨晚九點左右，一名王姓少女跳樓自殺，陳屍在地下垃圾箱內。初步推斷死者死前遭人強暴……

夜間的琴音

阿 Ling 一直很想擺脫父母的管束，她大學畢業後找到第一份工，就嚷著要搬出去自住。即使她的人工只夠租一百呎的劏房，但可以在私人空間安靜地生活，不用再忍受父母吵鬧的喊叫聲，她已經心滿意足。她目前租住的單位，租金抵到爛，每月只需一千五百元。首次租屋就租到平靚正的單位，她感到莫大的成功感！

天真單純的阿 Ling 以為自己眼明手快執到「筍盤」，她根本不知道一切都是有代價的……

擾民的嘈音

某個凌晨的晚上，阿 Ling 正在睡覺時，聽到「嘭嘭嘭」的敲門聲，從敲門的力度可以感受到對方的憤怒。阿 Ling 生怕有賊人入屋，於是小心翼翼地扣上防盜鍊再開門，開門一看，原來是隔離劏房的陳生。

陳生用手指抓弄他蓬鬆的頭髮，埋怨道：「阿小姐，宜家幾點啊？凌晨兩點啦，你要拉小提琴，明天才拉吧；半夜三更起勢拉，點瞓啊？大家都是住劏房，好應聲的，你唔係唔知嘛？！」

「我幾時有拉小提琴啊？」阿 Ling 委屈地回應。

「聲音明明在你房傳出，唔係你，係邊個啊？唉——！總之請把音量收細啦！」陳生說完，掉頭就走。

「痴線——！」阿 Ling 沒有理會，關門後繼續睡覺。

鄰居聚眾指責

如是者，每晚阿 Ling 都被不同的鄰居拍門，投訴她深夜拉琴擾人清夢。幾個鄰居曾經一度聚在一起，當面警告阿 Ling 不要再製造噪音，凌晨時分的小提琴聲吵到大家都沒辦法睡覺。阿 Ling 感到十分疑惑，因為她根本不懂拉小提琴。

有一次，阿 Ling 出門時，剛巧碰見遛完狗的陳生。溫馴的小狗突然失控地向阿 Ling 狂吠……

發現恐怖事實

阿 Ling 帶著不解的心情繼續生活，一晚，她到朋友家吃晚飯，說起這樁怪事。

朋友 Bibi 問過詳細住址後，上凶宅網查一查，看看有沒有發現。

一查之下，結果令人吃驚！

Bibi 一看，臉色一沉，並指著網頁的資料說，阿 Ling 目前所住的地方曾發生過命案。

話說，該住處原來曾住了一位小提琴老師，但在年半前因被男友拋棄，一時睇唔開在單位內燒炭自殺。阿 Ling 知道後便決定翌日馬上搬家，她在早上時段回到租屋地方收拾行李，正當她在檢查有沒有東西遺漏時，阿 Ling 發現櫃頂竟擺放著一個小提琴……

幫下我……

疫情令失業率持續高企，保安業因為入職門檻較低，成為疫下避風港行業之一。「坐多過做，巡下樓就有萬幾蚊，絕對係筍工啦！」在內地成功申請來港定居的阿芬基於這個心態，也入行做保安，更專揀夜更來做，貪人工夠高。但她絕對不知道，夜更保安不是人人夠膽做……

夜更保安是筍工？！

這天，阿芬第一天當值。做夜更，少人出入，很多時都無所事事。阿芬已睇了兩個小時手機，睇到非常納悶。她望望手錶，「好，夠鐘巡樓！睇手機睇到頸梗膊痛，真好，可以做吓運動啦！」

阿芬很識享受，她利用手機播歌，在輕鬆的流行樂曲伴奏下，逐層樓巡查。

「**唔該，唔該可以幫我找一樣東西嗎？**」耳邊突然傳來一把女聲。

阿芬停下腳步，四顧張望，又細心聆聽，觀察是否有人在說話。沒有啊——！除了阿芬自己，人影都唔多個，哪有其他人聲？一定是歌聲令她有錯覺罷了。

耳邊傳來一把女聲

阿芬繼續巡樓。

「**唔該，唔該可以幫我找一樣東西嗎？**」耳邊又傳來一把女聲。

阿芬再停下腳步，四顧張望，又細心聆聽，觀察是否有人在說話。

沒有啊——！

可能手機聲量太大，在樓梯的密閉空間裡有迴音，令自己有錯覺。

於是阿芬把手機聲量調細，再加快巡樓速度，希望快點返回崗位。

「**唔該，唔該可以幫我找一樣東西嗎？**」耳邊又傳來一把女聲。

不是錯覺！不是錯覺！阿芬這次聽得很清楚，手機此刻明明播放著韓文歌，怎會有人說廣東話？

阿芬急速四顧張望，看看是否有住客在梯間不適，正在等候救援。但她走上走落了幾層樓，都遍尋不獲。

正當阿芬尋思之際，一個少女跌跌撞撞地站起來，她校裙上佈滿鮮血，在沒有頭顱的頸項上，鮮血像噴泉一樣猛射出來。

阿芬起初以為是受傷少女求救，不是不是，她沒有頭顱的，不是人啊，是鬼——！

「哇！」阿芬被嚇得尖叫著不停退後。

靈體的請求

「**唔該，唔該可以幫我找一樣東西嗎？**」耳邊再度傳來少女的聲音。

阿芬嚇得緊閉起雙眼顫抖著問，「你……寃有頭債有主，我……無……無……害你，你找我做甚麼……呀？」

「可以幫我找回我的頭顱嗎？」無頭少女淒怨地問道。

「我……點……知你個頭喺邊……？」阿芬跟少女一問一答，但雙眼繼續緊閉，不敢張望。

「我個頭……在垃圾車裡，我跳樓時，身首異處，頭顱摔在一邊的垃圾車裡。可以幫我找回我的頭顱嗎？」

說完，無頭少女轉身離開，消失在轉角處。

阿芬躺在地上良久，才懂得鬆一口氣，並抹去頭上的冷汗。

之後她拿起手機打給經理輝哥，報告這樁恐怖事件。

一問之下，才知悉原來在阿芬首天上班的前日，有一名少女從 35 樓跳下來，身軀被尋回，但頭顱飛脫後不知所蹤。

後來，在阿芬的提示下，警方在意外地點附近的垃圾車裡，果然找到少女的頭顱！